你的爱情，终将温暖

韩素因 主编

无论你经历了怎样的爱情，
愿你永久保持爱的能力。

北京联合出版公司
Beijing United Publishing Co.,Ltd.

图书在版编目（CIP）数据

你的爱情，终将温暖 / 韩素因主编．—北京：北京联合出版公司，2017.4

ISBN 978-7-5502-9855-2

Ⅰ.①你…　Ⅱ.①韩…　Ⅲ.①故事—作品集—中国—当代　Ⅳ.①I247.81

中国版本图书馆CIP数据核字（2017）第031476号

你的爱情，终将温暖
主　　编：韩素因
选题策划：北京时代光华图书有限公司
责任编辑：宋延涛
特约编辑：刘江娜
封面设计：仙境
版式设计：程海林

北京联合出版公司出版
（北京市西城区德外大街83号楼9层　100088）
北京博艺印刷包装有限公司　新华书店经销
字数124千字　880毫米×1230毫米　1/32　8.25印张
2017年4月第1版　2017年4月第1次印刷
ISBN 978-7-5502-9855-2
定价：36.00元

序一

你的爱情，终将温暖

我永远记得，在我内心深处住过一个人，他在我最美好的年华里，闯入我的世界。我乱了阵脚，那成了一段兵荒马乱的爱情。我永远记得这样一个人，曾经深深地伤害过我，也曾经深深地被我伤害过。

很长一段时间里，我不敢去谈恋爱，我惧怕爱情，我总是和喜欢的人保持着不远不近的距离，不离开也不靠近。这些年一个人走走停停，终究孤身一人，始终不肯为爱情而驻足。我伪装成一个女汉子的模样，目送心爱的人牵起别人的手。夜深人静的时候，我多次泪流满面，外强中干的盔甲下包裹着的是我脆弱的心。那时候，我害怕，我惧怕爱情更惧怕未来。

有人说，爱情的魔力是无限的，从翩翩少年到耄耋老人，爱情一直是人们心中闪耀的光芒。它是诗人笔下的圣物，小说情节中的波澜。只是当理想与现实冰冷地撞击，很多人不幸地陷入了痛苦的深渊，有人置身于进退两难的境地，有人好像看破了红尘，说：爱情是掺了毒的美味，真正的爱情是纯粹的贪婪，爱情绝对不是生命的全部。于是越来越多的人，像我一样穿上了厚厚的盔甲，他们成了事业的巨人，情感的侏儒。

爱情不是生命的全部，什么也不会是，但是爱情是生命的精华和重心。

爱情就像是大自然中的花朵，无时无刻不上演着盛开与凋零，它也像是一条理性的河，生生不息。

如今我走过青春，回首青春的全貌，我想说纵然爱情是一杯毒酒，我们也要像张爱玲那样以最美的姿势一饮而尽；纵然它不是生命的全部，却是生命的精华，如三毛所言，它绝对值得我们无悔的青春里一尝、二试、三醉。

没有爱情滋润的女人是很恐怖的。张曼玉失恋后，暴瘦如柴，还有一些长久缺乏爱情滋润的女人，日子一久便成了一张苦瓜脸，说话尖酸刻薄。这种女人，像是折翼的天使，她们的回忆像是一杯冰水，没有温度，没有味道。

那年失恋后，我写了很多爱情小说。后来，老天待我不薄，他又回来了。合适的年龄，我做了合适的事情：恋爱、失恋、复原、再出发。青春的岁月里，我曾经站在生命的制高点，俯瞰过爱情的全貌。冰心说过，有了爱就有了一切。每个人只能年轻一次，我的青春里没有遗憾。

2016 年 7 月 1 日，子品牌筹备成立，我们签约了很多优秀的作者，收录他们珍藏的恋爱故事做创刊合集。合集截稿的时候，我迫不及待地读完了 13 个作者的 25 个心底的恋爱故事。故事里的主人公几度让我热泪盈眶，他们不只是故事里的人，他们更像是我们身边的人。我只要一闭上眼睛，这些故事中的主人公都会像一个个真人一样向我走来。

杨熹文笔下的光明伴侣，那不是我的韩老师吗？另维笔下的阳光男孩庄羽，大家大学时候的男朋友不都是那个样子吗？诺然笔下的阿春，那个让所有人心疼的备胎，不是许多女孩子都曾经遇到过的一个善良的男孩吗？沈万九、尹惟楚、林夏萨摩、顾一宸、安梳颜、有故事的蒋同学……感谢你们，感谢你们笔下的每一个主人公，让人领悟：恋爱真好，恋爱过真好，能谈恋爱真好。

好友杨熹文听说我要做一本恋爱的合集，倾情作序，祝愿大家永远都有恋爱的能力。

感谢这么多优秀的作者和这么多感动心灵的故事，这部合集，会让爱着的人更加坚定，失恋的人找到力量，想爱的人找回勇气。

这本合集让大家重拾希望，看见柔软看见爱。祝愿大家在行进的生命里，静恩，慈悲，美丽，有爱，快乐，幸福，有希望，不孤独，带着爱与疼，勇敢坚定无所畏惧地飞翔。

亲爱的，答应我，不要怕。如果你不曾爱过，你也便不会真正地成长。无论自己经历了什么样的爱人，都不要灰心丧气，所有发生的，都是美好的。错误的就当作回忆，美好的就珍藏心底。如果这短暂又漫长的一生里，你不曾真的爱过那么一个人，或者被那么一个人真爱过，那你的世界永远都是冰冷坚硬的，爱过，绝望过，温暖过，渴望过，饱满了我们这冰冷漫长的一生。否则，当我们离开这个世界的时候，回忆一生，那将是多么遗憾的一件事。

韩素因

2016 年 12 月 12 日于北京德胜门

序二

愿你永久保持爱的能力

二十二岁那年，我经历人生中最严重的一次失恋。

我的世界因此被剥离了色彩，什么都在顷刻间失去意义。我走在春日的街头，看不到生机盎然的景象，眼睛里没有了光，心里也空荡荡。

桃花落在头顶，像落下一层厚实的绝望，只给这天底下最可怜的我。

我对自己说，我再也不会爱上谁了。我毫不怀疑，自己至此会失去爱的能力。

五年过去后，那些绝望的预言并没有发生，生命中又来过几个人，我们相识、相爱、争吵、离开，再变成友人或路人。结局并不如意，但过程大抵开心，最重要的是，我还没有失去爱的能力。这大概就是最幸福的事，只有保持爱的能力，这世间的其他事情才变得意义非凡。

七月时，朋友素因找到我，问我是否想做一本有趣的书。我问：“哪一种有趣？”她说：“我们来写写爱情。”

素因曾写下了很多优秀的作品，是非常有实力也有效率的畅销书出版人，致力于为有梦想的年轻人提供优秀内容。

她找来很多优秀的作者，沈万九、尹惟楚、十三夜、顾一宸、林夏萨摩……带着很多有趣的故事，以及对爱情的万种思考。

我手捧着这些故事，一篇篇看过去，这甚至不像一本合集，而是一项伟大的工程。这本书，带点疗伤的效果，写给那些刚刚失恋的男孩女孩，写给对爱情失信、单身许久的人们，写给寻寻觅觅却无所栖息的朋友……

十六岁与六十岁皆有爱情，人需要永久保持爱的能力，这是我们联手做这本书的最重要的原因，也是朋友素因作为编者与出版人一直以来的追求。我们要把最真诚的文字和价值观，献给最值得拥有它们的读者。

罗素说过，对爱情的渴望，对知识的追求，对人类苦难不可遏制的同情，是支配我一生的单纯而强烈的三种感情。

爱是人类全部行为的支撑。一个人若能坚持爱自己，爱他人，爱梦想，他总能在生命里寻求到前行的意义。

世间再没有一种能力，比爱更重要。有了它，人生有了更多的可能；有了它，生命有了更多的期待；有了它，才有了这部好作品。

杨熹文

2016 年 9 月 10 日于奥克兰

目录

去爱一个积极的人

_ 文 · 杨熹文

在分手后的几年里，我都一直保持着恨他的状态。

恨他带走的快乐，恨他带走的光阴，恨他已经在新生活里逍遥，我还活在自己的旧日子里怀念。

我变成了一个沉默也难过的人，把所有的空闲用来发呆，再把所有发呆的时间用来憎恨。

我的生活过得不好，肥胖，贫穷，缺少爱，无所成就，所有令一个女人不快乐的事情，全都接二连三地降临在我的生命里。

一个女人只有过得不好，才去回忆过去。

我常在夜里半梦半醒，眼泪湿着半张脸，咀嚼他说过的每一句话。

我记得他嘲笑过我的身材，记得他践踏过我的梦想，记得他的自私、逃避和无情。

我记得他最常说的一句话是“就你？”记得他最常见的表情是微微仰头鼻子哼出一抹冷笑，记得他的背影多过他的脸庞。

我在一场场梦里勇敢地和他对峙，却在醒过来的那一刻溃不成军。

我用长久的挣扎原谅了他的不爱，可我依旧痛恨他一直以来罩在我生活里的负面影响。

旁人含蓄地指出我的变化：“最近看起来很疲惫呀！”“近日的伙食一定很好吧？”“怎么很久也不见你写东西？”

朋友们心疼地看着我变胖、变丑，一双明亮的眼睛像两盏被舍弃的灯，倏地黯淡下去。

那一年我从他手中接过一个潘多拉般的盒子，据说里面装有爱情的遗产，我却在打开它的瞬间被推进旋涡式的命运，那旋涡里面有迷茫、绝望、质疑，这些让我没办法再对什么抱有期望。

每次我想为生活里的什么做出点努力，却从盒子里听到来自过去的声音，仿若针扎般戳着我："你不行！""你不可以的！""那么多人都在拼，你凭什么觉得能赢的就是你？"

我背负着一段消极爱情带来的后遗症，它让曾经自卑的我，更加自卑下去。

直到在深夜的枕边看到亦舒写的"无论怎么样，一个人借故堕落总是不值得原谅的，越是没有人爱，越要爱自己"，我才在果敢女子的故事中释怀一部分，而另一部分的治愈发生在后来和一位女友谈心时。

女友比我大将近十岁，经历过几段感情，已经到了催婚大妈眼中钉的年龄，却从不见她慌张，也从没见她为爱情苦恼。她把自己和生活都经营得很好，我们这些在爱情里频频落水的姑娘，常常把她当作岸边最清醒的救命人。

她皱着眉头听我诉说近几年的苦恼，然后忽然没头没脑地告诉我："下次记得去爱一个积极的人。"

我带着半信半疑的态度去过接下来的人生，竟然真的等来一个积极的人。

他是最普通的那类男子，长相普通、家庭普通、背景普通，看起来并不是别人口中太有前途的男朋友。

可他的身上却散发着一种独特的魅力，让人无法拒绝，那是一种类似阳光的味道。

我未曾预料到，就是这样的阳光，让我找到了丢失已久的光明。

我第一次和他约会，餐厅的服务生上错菜，我把咖啡洒在了牛仔裤上，外面的天气阴沉得让人想哭，而我的生活里又有那么多的麻烦要解决，我只想赶快吃完饭，回家继续过一个人的生活。

他好脾气地和服务生解释，又把一条湿着的手帕递给我，然后笑着和我说："觉不觉得这样的天气，最适合喝两杯热咖啡？"他擦干桌上的污渍，又递给我一杯咖啡，然后指着窗外对我说："你看那把带云朵的雨伞，多好看！"

之后的日子里我都无比庆幸自己因为这个细节和他在一起。

他天性乐观，喜好分享，又难得是个平和、宽容、理性的人，活得认真又稳重。他是个绝好的男人，有一万种优点，我最最爱他善于发掘光明的那一面。

他耐心地听我讲述自己的自卑，再把埋藏在我身上的优点一条条地指给我看，“这么好的人，为何自卑？”

我对他敞开心扉，谈人生、谈梦想。在受阻的时候心有顾虑，他鼓励我：“不是每个人都有梦想，喜欢就别放弃啊。”

我开始写作，他本是一个不爱好文学只要看书就瞬间睡着的人，却送我一张昂贵而宽大的书桌，对我说：“作家就得有点作家的样子嘛。”

我开始在网上发表豆腐块的文章，他第一时间转发到朋友圈，他和别人大大方方地介绍我，他说，“这是我的作家女朋友。”

我是个无人知晓的文字爱好者，可是他那双眼睛，越过别人种种的质疑，在相信我。

那一刻，我忽然想起来若干年前另一个人和我说：“那么多人都在拼，你凭什么觉得能赢的就是你？”

而眼前的他却在告诉我：“总有人会赢，为什么不是你？”

他的口头禅是“没事的”“会好的”“振作起来啊”，他的人生哲学是有梦就追，不要浪费时间去怀疑自己，他对爱情的态度是两个人一起努力，有这么多爱还怕什么呢？

我们也闹过很多大大小小的矛盾，他无一次丧失理智，无一次置我于不顾，无一次逃避现实选择离开。

他让我意识到光明伴侣的意义，让我觉得没有什么事情是解决不了的，没有什么想做的事是做不成的，没有什么想过的生活是过不上的。

他是一个积极的伴侣，我也在这样的潜移默化中成为一个积极的人。

旁人再一次看到我的变化，朋友们也为我欢欣，连站在镜子前的我自己也觉得人生充满希望，我手中的潘多拉盒子不见了，我第一次看见自己这么美好的一面。

很遗憾我们后来因为距离的原因，和平地分了手，没有幸运到拥有长久的缘分，我却收获了一份长久的影响。

在新书发布的那个时候，他发给我一条信息，现在还保存在我的微信里。他说："我说过的吧，你一定可以。"

我热泪盈眶，即使爱情失效了，我也毫不怀疑，我身上的自信，乐观，信念满满，这都是来自爱情的印记。

我忽然想起自己二十岁的时候，身边都是一群爱到天真的姑娘，爱起人来都带着点宿命的味道，还来不及懂得一个消极伴侣所带来的毁灭性影响。

我们认定所有的女人都因爱而活，以为自己遇见什么样的爱情，就是什么样的运气，就算这段爱情把自己榨干，把自己拖垮，也要死守下去，绝不会主动撒手。

我们爱得太单纯，常常忘记自己也有选择爱情的权利，于是往往在一场消极的爱情里独自流眼泪，然后拿“爱就爱了，还能怎么样”，来徒劳安慰自己。而如今，受过伤的姑娘已懂得，选择一个伴侣，不仅是在选择一段爱情，更是在选择一种生活的态度。

问过一个女友：“年轻的时候，为什么爱一个积极的人有那么重要？”

她说：“因为爱过必留痕迹。”

爱过一个积极的人，我想这是我在爱情中做过的最正确的决定。

（杨熹文：网上人称老杨，常驻新西兰，从一无所有到有诗和远方。微信公众号：请尊重一个姑娘的努力 Neversaynever30）

初恋那件小事

_文 · 半夏微晴

一明是我的初恋，我们 17 岁那年就在一起了。

后来听大家说“想早恋的时候已经晚了”这句话时，特别有感触，才发觉在青葱岁月里能谈一场轰轰烈烈的恋爱，真是一种幸运。

那年刚上高二。

某个阳光灿烂的日子，课间休息，我走到教室外的楼道里打开水，楼上忽然冲下来一个男生，差点撞翻了我的保温杯，他刹住脚步时很认真地看了我一眼。

我认得他，他是蒋一明，校足球队队长，自带男神光环的校园明星。他领着校队拿下了去年校际足球联赛的冠军。

我默默关注他已经好长一段时间，说是关注，因为不敢说喜欢。

我抬头对他微笑，尽量掩饰内心的紧张。蒋一明的眼里满是歉意，嘴上却只说出一句毫不在乎的“sorry！”

当天下午快放学的时候，后桌的林天意味深长地对我说：“我有个兄弟想认识你。”

我说：“你开什么玩笑？”

他说：“你明天中午吃完饭记得回教室一趟，到时就知道了。”

那天晚上我失眠了，林天的话总在我耳边萦绕，他也是校足球队队员，他口中的兄弟难道是蒋一明吗？一想到这里，我的心就怦怦地跳个不停，那种心情就像是马上要迎接大考一般，既期待又害怕。

我不是美女，没有乌黑浓密的头发，脸上还有几颗淡淡的雀斑。我把精力全放在学习上，是因为我知道自己在其他方面，根本比不过身边漂亮的女同学。我就是大家传说中那种“成绩好但长得不好”的女“学霸”。

第二天午饭后我怀着忐忑的心情回到教室，教室里坐着五六个大男孩，正在打闹，见我进门，立马安静下来。

蒋一明果然也站在那里。

我的脸有点发烫，双手不知道往哪里放，也不知道该不该回到自己的座位上去。然后听见林天朝我喊了一句："小月月，过来呀！"

我的名字叫沈月，林天给我取了"小月月"这个外号，我很讨厌他这样叫我，尤其是当着蒋一明的面。

我瞪了林天一眼，犹犹豫豫地走了过去。感觉到蒋一明的视线一直在我身上，突然听见他说："嘿，我是蒋一明。"我触电般转过头看他，一对剑眉英气逼人，嘴角向上微微弯着，是好看的弧度。

其他男生开始起哄，说着"快走，留点空间给老大泡妞了"之类的话，吹着口哨四下散了。

我整个人僵硬在原地，气氛尴尬到不行。

蒋一明走到我的跟前，附身凑到我耳边，轻轻说了一句："别怕，我只是好奇，想认识你。"

我忽然打了一个冷战，从脚心到头顶。

蒋一明笑了，朝我眨了眨眼睛，转身走出了教室。看他走远，我深呼一口气，坐回自己的座位上，把脸深深埋进手臂里，一遍遍回忆刚才的场景，确定是不是在做梦。

后来连着好几天都下雨，第三天晚自习时，林天说有急事要提前回家，强行借走了我的雨伞。下课后，雨还是很大，我正烦恼怎么回家去，抬头看见蒋一明站在教室门口，手里拿着雨伞，向我挥了挥手。

我左右环视了一圈，确定他是跟我打招呼之后，傻傻地跟他点头，然后听见他说："还不走？不怕赶不上末班车吗？"于是我赶紧收拾书包走出去。

那是我第一次和蒋一明肩并肩走在一起，他撑着伞，和我靠得很近。我们谁都没有说话。

放学的时候人挺多，隔壁班同学经过我们时，用惊奇的眼神打量我。我恨不得钻到地缝里去，因为有人在议论："那个是不是蒋一明的女朋友啊？眼光不怎样嘛！"

我快快地走，蒋一明紧紧地跟，到了公交车站附近，人终于少了，雨也渐渐小了。

地上的积水很多，走到一片很大的水洼前，我犹豫着脚不知道该往哪儿踩的时候，蒋一明一下站到了水洼里，对我说："来，你踩在我的脚背上走过去。"

我迟疑了一下，还是乖乖听从他的话，踩在他的脚背上走过去，重心不稳时低头紧紧扯着他的衣服，不敢碰触他的身体。

17 岁的我，从来没有和异性靠得那么近，那一刻，我脸红耳赤，幸好灯光昏暗。

蒋一明临走时跟我要了一样小东西，挂在我书包上的一串字母链子，那几个字母是我小名的拼音 yuer。我答应了，把字母链子取下来放在他的手心里。

那天之后，就连晴朗的夜晚，蒋一明也会等在校门口。我装作不认识他，自顾自地往前走，他并不追上来，只在离我十步远的地方跟着。到了公交站，我站在站牌下，他站在离我十步远的便利店屋檐下。我总是等坐上公车后才敢回头张望，看见他站在原地，一直到远得看不见了才能安心。

我的冷若冰霜，只不过是因为承受不起被他喜欢的幸运，更承受不起同学间不怀好意的小道消息。

两个月后的一天傍晚，我来到教室准备上晚自习，时间还早，教室里没几个人。

刚坐下，有个不认识的女生从门口走进来，长发披肩，略施脂粉，身材样貌都远在我之上。我好奇多看了她两眼，她盯着我，不带一丝善意，走到我的书桌前，握着拳敲了敲我的桌子。

我站起来问她什么事。

她第一句说："你别以为蒋一明会喜欢你！好好照照镜子！"

第二句："我是他的女朋友杨倩妮！"

听到这句，我忽然有点难过。忍住快要涌出来的眼泪，微笑着说："你说的这些都与我无关，我不认识他，也不认识你，你可以走了吗？"

杨倩妮听完我的话愣了一下，随后继续用她盛气凌人的语气对我说了最后一句："告诉你，一明追你只不过是跟兄弟打的赌而已，与你无关最好，省得你白白伤心！"

她撩了撩耳边的长发，瞪了我一眼后转身出了教室，而我站在原地，浑身发抖。

那天晚上我跟班主任请了假，早早回到家，躲在被窝里痛快地哭了一场。

接下来的一个星期，蒋一明再也没有出现过。我每天一个人走路去公交站，身后再也没有他的尾随了。这让我渐渐相信了杨倩妮所说，他追我，不过是跟兄弟打了个赌而已。

唯一值得庆幸的是，我并没有被他追到，总算保留了最后一点尊严。我在失落委屈的时候，只能这样安慰自己。

没多久，一年一度的校际运动会开始报名。我作为优等生的代表，被班主任要求至少报一个比赛项目，我最后报了1200米长跑。那段时间，我的生活更简单了，每天除了学习，就是跑步。跑步的时候常常碰见蒋一明，我在外圈跑道上跑步，他在内圈草地上领着足球队集训。

他有时候会朝我走过来，问我有没有纸巾，我冷漠地掏出早早准备好的纸巾递给他，看他一把擦去额头的汗水，回给我一个温柔的笑脸。

他有时候会扔给我一瓶矿泉水，一边说："看你一脸汗，小心脱水！"我表情平淡地接过来，绝不泄露心中微漾的暖意。

我们之间横了一道讳莫如深的沟壑，关于杨倩妮的事情，我不问，他不说。

校际运动会开幕式那天，我站在学校代表队的方阵里，领队是蒋一明，他扛着学校的旗帜，身材魁梧，一脸英气。

田径类项目最先开始，我参加的1200米长跑安排在第一天下午，却不巧碰上了我的生理期，肚子痛得很，整个人状态都不好。裁判员鸣枪后，乌压压的参赛者拼了命地往前跑，我顾不上身体不适也奋力向前。跑到第二圈800米之后，体力不支的我落在了后头，感觉快要撑不下去的时候，耳边突然响起一个声音："沈月，加油！沈月，加油！"我扭头一看，蒋一明在内圈陪着我跑起来了。

当时我已是倒数几名，很想放弃，但蒋一明一直在旁边陪着我跑，不停地喊着加油。最后，我总算坚持到了终点。刚过终点线，我两腿发软，眼前一黑，整个人摔倒在跑道上，蒋一明一个箭步跨过来扶起了我，我当时就感动哭了。

他拍着我的背说："别怕，一会儿就好了。"

田径赛结束后第二天，球类比赛开始，蒋一明率领的校足球队运气不好，小组赛抽签选到的第一个对手就是去年的亚军队、前年的冠军队。比赛在下午五点半开始。

林天找到我，说蒋一明希望我去看这场比赛。

我说快期中考了，要在家看书学习。

林天说这场比赛的胜负对蒋一明来说真的很重要。

那天下午没有课，父母对我的管教很严，不用上学的时候，晚上是不能出去的。我纠结了很久，去还是不去。纠结到傍晚六点十五分的时候，我再也待不下去了，向父母撒谎说作业本落在教室里要回去取，说完撒腿就朝运动场跑去。我跑得气喘吁吁，满头是汗，耳边又回响起蒋一明那句“沈月，加油！”

我到球场的时候，比赛只剩下最后10分钟，全场比分还是0：0。我挤到人群的最前面，大声喊着：“一中加油！一中必胜！”

所有队员都在为最后一刻努力，蒋一明在绿茵场上不停奔跑。最后我们校队在点球中赢了。学校的观赛区沸腾了，我看着场上的蒋一明跟队友们紧紧拥抱在一起，真心替他们高兴。但我并未准备上前祝贺他，太多人围着他们了，里面不乏校花级人物，我只想默默离开。

我的自卑又开始作祟了。

孤独不是与生俱来的，而是从我爱上你的那刻起。

馨颜野生插画师学院　凯西西／绘

遇见她时，他正年少，这就是传说中的爱情。■

正要离开，蒋一明突然出现，拦住了我。我正惊讶得不知道该说什么，他从脖子上取下来一根绳子，上面挂了一串东西，没等我看清楚，他就把东西塞进了我的手里，说了一句："多亏了这个，谢谢你！"然后大步跑回他的队伍中去了。

我打开手掌，细看手里的东西，啊！原来是我那串字母链子。蒋一明，竟然把我的名字穿在绳子间，挂在脖子上，踢完了他所谓最重要的一场比赛……

我紧紧攥着这条沾满了汗水的链子，仿佛有汗滴落在我的手心……

运动会结束后，蒋一明又开始每天晚自习后出现在校门口，跟在我十步远的地方，陪着我等公车。

有一天我终于忍不住了，快步走到便利店屋檐下，逼问蒋一明："你跟着我做什么？你到底有什么居心？"

蒋一明没有说话，只是看着我，眼里尽是温柔。

看他若无其事的样子，我生气了："你们还有底线吗？拿追女孩子的事情来打赌，知道有多伤人吗！"

蒋一明愣了一会儿，随即却笑了，他竟然伸手过来揉了揉我满头的卷发，轻轻地说：“是不是杨倩妮告诉你的？”

一时之间我手足无措，只知道点头。

蒋一明哈哈哈地笑了，小计谋得逞一般，可是没等他开口，我等的公交车到站了，这时候他突然一把抓起我的手，拉着我一起上了车……

我的脸早就羞红了，蒋一明额头上也都是汗。我们并排坐着，一路上谁也没说话，他的手却一直握着我的手，不肯松开。而我变成小白兔一般，乖乖地任由他紧紧握着。

下车后，有一段路灯昏暗的小路，我们手牵手走着，来自内心的颤抖直至今日也刻骨铭心。我多想那是一条没有尽头的小路啊，那样就能一直跟心爱的人，静静地走着，手牵着手，心连着心。

到了路口，我说到了，蒋一明缓缓松开手，我转身离开，他忽然又一把拉住我说：“月儿，对不起，是我拜托杨倩妮在你面前演的戏，故意激你的，就是想看看你到底在不在意……”

听他这么说我心里竟然是高兴的，只是表面上装作生气，说他太过分了，这么自私。

他温柔地说："对不起，只是我太喜欢你。"

那晚没有朗月，但有漫天的星星，我们站在路口，你看着我，我看着你，傻傻笑着。

学校不允许早恋，我和蒋一明表面还是陌生人，但私下约定了许多小秘密。

我们约好相同时间到食堂吃早餐，前后排坐着；约好在课间休息时靠在走廊的栏杆上，让对方看见。

炎热的午后，我趴在课桌上睡觉，热醒过来眼前是麦当劳的袋子，里面有一杯冰凉的草莓新地。

冻得只能搓手的冬天，林天会递给我一瓶保温的柠檬红茶，意味深长地问我他算不算红娘。

蒋一明有时候还会早早地打包一份我最爱吃的馄饨，在早自习还没开始前放在我的课桌上。

蒋一明偶尔还会算准我出现的时间，借故停留在楼道的转弯处，见我一个人走下来时迅速靠过来拉我的手。

我买了一本精美的日记本，在上面写下每天的心情，周五下了晚自习，趁着蒋一明陪我等车的时机，塞进他手里，等到周一晚自习下课后，相同的地点，他会将日记本还给我，上面多出许多让人哭笑不得的“批注”。

我写的“今天天气好热”旁边，是他写的“怎么不带把遮阳伞呢”；我写的“数学老师长得那么帅，可是我还是无法集中精力听他讲课”旁边，是他写的“因为没我帅”；我写的“高考一天天近了，心里好紧张”旁边，是他写的“学霸，你还紧张，让我这学渣怎么活？”……

看得我能笑一下午。

高三时，我转到了文科班，蒋一明仍然在理科班。他在学业上一路追赶，第二次模拟考的成绩已经与我不相上下。因为我认真地对他说过，只有考上同一所大学，我们才能光明正大地在一起。

我们就这样偷偷摸摸地互相喜欢着，认定了对方是自己一辈子的爱人，还没有实质性的交往，却已经铁了心似的。

不知不觉到了高考前夕，我们反复温习着那个承诺，填报了完全相同的志愿。

只有考上同一所大学，我们才能光明正大地在一起啊！

为了激励蒋一明，我无数次重复这句话。

高考那几天，我和蒋一明约好走出考场后一起回家，见面时，他第一句话是问：

“如果我没有考上，你还会和我在一起吗？”

“不知道，如果不在一起上大学，怎么在一起呢？”

我当时并不是要给出否定的答案，其实我心里很自卑，担心的是蒋一明那么优秀，他若不在我身边，我如何能够确定自己在他心里呢……毕竟大学里有那么多的漂亮女孩。

我总是轻视了他对我的喜欢，轻视了自己在他心中的分量，哪里想象得到他会如此用心地喜欢我这样一个其貌不扬的丑小孩。

上天没有格外眷顾，发榜日，我的分数比蒋一明还低，我们俩都没有考上重点本科的第一志愿。

正当我担忧着前途和爱情的时候，蒋一明给我带来了最好的消息——我们一起被二本的第一志愿大学录取了。

尽管老师们劝我复读一年，最后，我还是义无反顾地牵着蒋一明的手，一起坐上了开往同一个地方的列车。

那个秋天，我们来到桂花飘香的陌生城市，开始新的人生旅程。

站在大学校门前，蒋一明轻轻揽着我，而我靠着他的肩。

我问他："为什么喜欢我？"

蒋一明久久不回答，只是在我脸颊轻轻吻了一下。

我不好意思地推开他，他说："傻瓜，我为什么喜欢你，我还想问老天呢！"

我抬头望天。

天空那么高，那么远，银杏树飘下来一片片金黄色的叶子，秋风吹拂着他的脸，满是我最爱的笑意。

和初恋分手后，我做过最傻的事

_文·另维

1

我趴在你桌上，一张一张翻阅你的数学作业本。

你的字很难看，我不知道老师都是怎么辨认的，给你一个又一个的满分。

你以前给我传纸条的时候，可从来不写这样歪七八扭的连体字。你真是一个恃宠而骄的人。

这是夏日的午后，校园静得像一汪清澈的死泉。我拉开一扇未锁的铝合金窗，跳进教室。中性笔和来不及合上的练习册散落在课桌上，化学式和结构式布满黑板，变成一片密密麻麻的白，从你的座位上看过去，一切都那么可憎可恶。

我们已经分手七十八天了，你还是这么令人讨厌。

2

一切都是你的错。

高二分班后，放假时间骤减，加上文理科不同楼，我们平时除了课间操和放学后根本见不到面。周六下午，我们约好去吃小笼汤包，你想打一会儿篮球，我便站在场边等你，好不容易等到该走的时间，你同伴却以新人加入不好分组为由，留你多打两轮。你可怜兮兮地看我，我板起脸，说“你打呗，大不了也就分个手”，你竟讪笑着耍起赖来。

大庭广众，球场上的人都停下来看我笑话，我甩开你，潇洒转身，一个人大踏步朝校门走去。

我没有回头但步伐缓慢，我认真察看每一道映入眼帘的影子，但直到我走进汤包店吃完包子，你都没有出现。

我真是把你惯坏了。QQ 上，闺蜜听完我的怨诉，这样评论。

我放弃唱 K、逛街甚至写作业的时间约你吃晚饭，却换来你赤裸裸的不珍惜。“你这次一定要给他点颜色看看，不然你会越来越没地位的”，我把这句话复制下来放在桌面上。是的，不知何时起，我越来越卑微了。主动发短信、打电话的是我，主动约会的是我，我说“我和闺蜜逛街去啦！”你回“哦”，和当初的“哪个闺蜜？在哪逛？逛到几点？我去接你好不好？”有天壤之别。

你不在意我了。是的，不久前我捉到你给同班女生讲题讲得喜笑颜开，吵架说分手时，你还牛气哄哄地顶撞我，“这位小姐，您能换一招吗？”

QQ弹出了上线提示，你终于来了，距离气走我已经过去四小时半，你如果想念我在乎我急着解释，一定不会现在才来。我的鼻头酸了，打出一行“你真的不是从前的你了”，觉得拗口，连忙换成“别狡辩了，你不喜欢我了”，我为只字片语纠结不已，却发现你连个“正在输入”都没有，不禁自嘲。

我火速把QQ签名改成“好开心啊，这次真的分手啦！”然后关电脑睡觉。

你来找了我几次，解释说那晚在和同学打游戏，我表示分手了不在乎，你央求了几次，便杳无音信了。

时值期中考试前夕，我盘算着你考完就会继续来央求，可你没有。

你没有耐心和新鲜感了，你不在乎了，既然如此，我何必自取其辱。

3

从理科楼绕上一圈，也是可以到达教师办公室的。我绕过一次，刚走到你所在的十五班，你的名字立刻怪腔怪调着此起彼伏起来，我加快步伐跑过去，发誓再也不走这条路。

不过，分手后就没什么好在意的了。

我每天都努力发现问题，然后拿着试卷大摇大摆走过十五班，我爱找个人边走边聊。我的声音很大，尤其是在路过十五班的时候，很多人闻声扭头，我眼也不斜谁也不看，毫不在意地继续走。

你有时在走廊上与人疯打闲聊，有时在教室里埋头写作业，你从来不像其他人一样扭头，可我能感觉到你在某个刹那间忽然不自然的眼神与动作，老师题都讲完了还在装模作样地点头。我会因此心情大好，沉浸在胜利的喜悦中。

偶然来早的午后，我也不知自己为何如此猥琐，偷溜进你教室翻你的抽屉，看你的作业本，还是这么皱皱巴巴，字迹惨不忍睹的作业本。

“真无聊！”我一边埋怨一边把作业本扔回原处，轻巧地翻出窗户，踏上回自己教室的路。

阳光按照窗棂的轮廓半洒在走廊间，楼道上隐隐有了脚步声，应该是过两点了。我估摸着，在跨入转角的瞬间吓了一跳。

有人斜挎着书包一步三台阶地迎面而来，许是因为速度快惯性强，险些与我撞个满怀。闪身后站定，他正要道歉，却在看清是我的一刻静了下来。

“呀，是你。”顿了一会儿，你说。

“你好呀。”我答。

“你怎么在这儿？”

“我来早了，爬爬楼梯锻炼身体。”我继续答。

你“哦”了一声便没有下文了，却也不说再见，只伫在原地与我面面相觑。

“我先走了啊。”我说，你这才一边应声一边给我让路。

我走了两步又回头看你，你并不高大但背影挺拔，恍惚间我又回到了两个半月前，我可以随意地“喂”来“喂”去地叫你，没有顾虑和隔阂。

你转身问我“怎么了”的时候，我才意识到自己叫了你。

我想不出该说什么，正在浑身僵硬不知所措时，有人来了，我觉得脸熟，也没想清楚是在哪见过，立刻就对他展开灿烂一笑，“是你呀，好久不见啊”地打起招呼来。

无视对方目光里满满的莫名其妙，我匆匆回头对愣在一边的你说了句“走了啊，回见”，扎下脑袋全速前进，直到跑回教室坐回座位，才深深吁出憋在喉咙里的气。

走廊上、教室里的人渐渐多了起来，到处都是沉闷的声响，快上课了，我随手翻开本教科书作掩，一连吁了好几口长气，还是觉得胸口闷闷的。

满教室都是相聊甚欢的人，或故作深沉或笑容夸张，我想起方才的宁静和尴尬，恍若隔世。

晚自修刚一结束，狭窄的楼道已俨然一片人海，我同几个女生一起在里面缓慢挪步，还没下完台阶，便看到教学楼前的空地上多了一群人，我一眼发现你身在其中，心跳顿时失控起来。

同行的闺蜜似乎也注意到了你，骂了句脏话，便纷纷换位，挡在了我们之间。挽住我胳膊，开启新话题，不留痕迹地加快步伐，把你们甩在身后。

可没走两步，便有人叫起了我的名字。

“另维，过来一下。”

我转头，你正站在人群中央，路灯勾出了你的身影却照不亮你的表情，你似乎在看我，双手一会儿在书包带上，一会儿在牛仔裤兜儿里，不知道放在哪里好的样子。

在我走向你的途中，你身边的男生已经自动散开了，在不远处重新凝聚，一行人浩浩荡荡径自缓慢前进，不回头。

在他们身后，我们的步伐同样缓慢。

这是晚上十点零五分，路灯稀而昏暗，天幕一片漆黑，周围都是人，你离我很近，声音有些模糊。

“你中午那会儿要跟我说什么？”

“啊？”

我被问了个正着，怎么也答不上来。你丝毫不善解人意，低着头一言不发只等我开口，一副不达目的不罢休的样子。

“忘记了，好像是要说再见吧。”

我干巴巴地答。大脑运行故障了一般嗡嗡作响，我实在想不出更聪明的答案。

“不会吧……”

接嘴间，你看了我一眼，路灯和夜幕把你眼睛映衬得亮晶晶的，我心下一紧，见你又张口准备说话，连头皮也开始发麻。

你的温度却在下一个瞬间消失了。

你同伴处传出一阵刻意的干咳，条件反射般地，我与你有条不紊面不改色地错开了步伐，几乎是同时，年级主任的电动车无声地驶了过去，他放慢车速回过头，用严肃和怀疑的眼神看看我又看看你，确定了一无所获，才不甘心地、一步三回头地加速驶远。

隔着七八个人的距离，我转头，准确无误地捕捉到你，你迎上我的目光，默契一笑。

学校大门近在眼前了，到处都是检查走读生出入证的学工处人员，“同学，你的出入证呢”在不远处响起，我慌忙一阵翻找。知道你还在通往寝室区的路口远远看我，我的动作更凌乱了。

我一到家便借口"'新东方背单词软件'效率各种高"申请开电脑，获得批准后飞速打开QQ。你住校无法时常上网，但你迟早会看到我的留言。

点开了对话框，才发现还是不知说什么好，我翻翻你空间看看聊天记录，一切都还是分手前的样子，仿佛时光发生了断层，这不知如何度过的七十八天好像并不存在。

你的头像竟忽然亮了，我敲上一行"你怎么在？"对话框里立刻就显示出了"对方正在输入"。

"我在网吧，溜出来的，玩一会儿就回去，呵呵。"你说。

我刚答完"哦"，你就又劈头问了起来，"你中午那会儿要说什么啊？"

你真不会察言观色，我明明一开始就明显答不出来，你却追问不止，我脑门都憋烫了，敲字反问道："你今天查户口啊？打破砂锅问到底，好奇心那么重你做数学题去！"

你那边静了一会儿，终于出现了"正在输入"，我紧盯屏幕屏住呼吸，你的回音却迟迟不来，只有一行"正在输入”在不紧不慢没完没了地闪烁着。

“你在写作文吗？再输下去天都亮了。”

催促刚一发送，“正在输入”就消失了，感到你即将发话，我心都蹿到喉咙口了，接下来出现的却还是那惹人抓狂的“正在输入”。

哪来这么多话说啊。我恨不能仰天长啸，正在捶胸顿足的时候，门被撞开了，一声杀气腾腾的“这就是你背的单词！”妈妈左手关电脑，右手拧上我耳朵，三下五除二将我扔回房间。

我在黑夜里顽强地睁开眼睛。

凌晨两点，父母均已熟睡。我蹑手蹑脚溜进书房打开电脑，把 QQ 翻了个底朝天，还是不敢相信，竟然没有你的留言。

骗子。我愤愤地想，可实在想不出你哪里骗了我，于是又忽然红了眼眶。

4

第二天你就声名大噪了。大名被写在教学楼前的布告栏上，来往者无不驻足，阅读你的事迹。

是记大过处分通告，你伪装成走读生溜出学校，在网吧里被学工处突检队逮了个正着。被抓时，你不仅试图掩饰在校生身份，还在露馅后拒不关电脑，行径极为恶劣。

人们纷纷改口叫你牛 × 哥，说你不鸣则已一鸣惊人，瞬间从优等生化身杀一儆百对象。你被停课一周，回家专心写检讨。

消息传到我耳里时，我抓起一张试卷便朝办公室迂回前进，年级主任办公室的门没有关紧，我从缝隙里看到你妈妈正神情激动地缠着主任，你在一旁低着头，直到上课铃响我匆匆离开，都没有抬。

你打来电话的那晚有点诡异。我结束晚自修，刚到家座机便铃声大作，我“喂”声未落，你已经匆匆留下一句“明晚放学别着急走，在校门口等下我”就挂了电话，连自己是谁都不说。

熬完了心不在焉的早晚自习和八节课，我迅速到达校门口，开始来回踱步，被路灯点亮的校门口，与你相似的背影一次又一次地点击我的心脏，希望失望交替光临，身边的人流从稀少到密集再到稀少甚至零星，我同无数张熟脸打了招呼，唯独不见你。

一眼望去，回家的路上已经没有什么人了，那是一条漆黑而寂静的路，若不是放学潮人多热闹，我并不敢独自行走。

又是一个身高与你相似的人走过，我加速的心跳迅速平复。

夜路又静了一截，我正在纠结怎么回家时，有人叫了我的名字。

是你室友，你寝室唯一拥有手机的人，我们还在一起的时候，你常借他手机在熄灯后给我发短信。

“你怎么出来了？”我问。

他解释完“拉肚子回家休息一晚上”，反问起我怎么还不回家。我说这就回去，他便顺口说：人少了不安全，我送你一程。

谢过后，我与他并肩上路，有一搭没一搭地闲聊开来。

“你们俩那天晚上说什么了？”

“没说什么啊。”

“还以为你们终于和好了呢。”

我自然是要否认，我们能像普通同学一样交流就不错了，可话到嘴边，只化作了一声长长的“唉”。

走到拐角处，转身间校门口又有人影映入眼帘，面朝我的方向纹丝不动。转身时我无意碰到了你室友，他问我怎么了，我摆摆手，答，“没事”，调转回头。

我已经受够了那些像你的折磨人的身影。

5

检讨思过起效了，返校之后，你获得了空前的思想觉悟。你不来找我了，文理科班原本就距离遥远难以偶遇，你就这样销声匿迹了。

我在食堂排队买面时听见了你的名字，是从两个坐在不远处吃黄豆面的男生口中传来的，我自导自演了一段“突然更想吃蒸饺”的默剧，表情纠结地看看面条看看蒸饺，毅然决然转身离队。

可当我走到能够清晰收听他们谈话的关键地段时，一人忽然拍了拍另一个，两人一起看我一眼，闭上了嘴巴。

我想，正是因为这样，你又交女朋友的事，我知道得比谁都晚。

听说是你同班的女生，一想到可能就是几个月前，让你讲题讲得喜笑颜开的那个，我就恨不得再潜入十五班一次，撕烂你所有的作业本。

你欠我一个解释。

高三一到就是总复习，前两年的课本、题集摞在桌面原本已具有相当高度的书堆上，活像一面坚实的纸城墙。习题课总能传出正中抽书造成墙面坍塌的轰隆声，同学们笑了两天，便习以为常，不再侧目了。

天气冷了又热，教室气氛每麻木一截，班主任就会欣慰地表扬“大家越来越进入状态了”。我偶尔还能看到你，要么和那帮曾经拦过我的男生一起，要么身边跟着一个小个子女生。你头发长了，衣服还是那几件。

我大摇大摆、大声喧哗着从你面前走过，看都懒得看你一眼，更不要说询问解释。

并且，我知道不久后我会气都懒得气，你也会因此成为一个货真价实的路人甲。

不知道到那个时候，我还会不会时常想起我们最后的照面。

6

还是在食堂，人满为患，我排队买黄豆面，忽然看到你拎着五六只碗，从队伍最前方歪歪扭扭地挤身而来。

我以为招呼过后你就会走，可你竟停步与我聊起来。

“那天看到‘老鳖’送你回家，怎么没下文了？他人挺好的。”

“嗯，是挺好的。”

你笑了笑，摇摇手里的碗，说完“我走了啊，面要干了”便继续开路。没两步你又忽然回头，我的视线来不及收回，正着急如何转移目光才自然时，你竟开口问我：“怎么了？”

“哦，没什么，你头发上好像有东西。”我已经想好，你若问我为什么脸红，我就回答人多空气不流通闷的。

可你没有问，你抬起眉毛看看自己的刘海，挤眉弄眼地又笑了：“头皮屑吧。”

我想挤眼回去揶揄你“恶不恶心”，可又无法及时从你这个以前常用来逗弄我的表情中回过神，情急之下，我指指你的面：“你这又不怕面干了。”

你终于挥挥手走了。

我不知道，等到你变成货真价实路人甲的那天，我还会不会这么憎恨你读不懂我心里的感觉。

（另维：90后作家代表人物，华盛顿大学本科在读。微信公众号：另维 lingweijiayou）

毕业了，我还是要和你在一起

_文·诺然

1

四年前，我第一次见到阿春。

天气炎热，学校很大，我提着行李箱子走在校园里，差点中暑。

阿春就是在这个时候出现的，他递给我一瓶冰水说：“同学，我帮你提行李吧。”

我抬头看了一眼他，微胖，穿着红色 T 恤衫。当时，我心里想的是怎么一个男生喜欢穿红色的衣服。

只是头晕眼花的我急需帮助，我就把行李箱递给了阿春。他乐呵呵地提着行李箱带我把一切入学手续办好，然后送我到女生宿舍楼下。

我从他的手里拿过行李箱，对他说了一句谢谢，就准备转身上楼。

这时，他说："同学，我叫阿春，和你一届。"

我伸出手拍了他一下，说："阿春，谢谢你啊，你可以叫我阿米，对了，这是我的手机号码，你存存。"

看着阿春存好我的手机号码，我说："过几天请你吃饭，今天辛苦你啦。"

阿春的脸变成和T恤衫一样的红颜色，他说："不客气，应该的。"

那一刻的阿春就像熊本熊，憨厚可爱。

后来，阿春告诉我，那是他第一次鼓起勇气和女生搭讪。他也是新生，却能够送我到女生宿舍而不迷路。末了，他小声地说了一句："第一次见到你，觉得你很漂亮。"

2

第二次见到阿春是在军训结束后的班级活动中，我突然想起我还欠阿春一顿饭。我给阿春打电话，响了一声就接通了，他的声音里透露出一点点惊喜，他说："阿米，来到新学校习惯吗？"

"除了没被晒晕，一切都挺好的。对了，你现在有空吗？请你吃晚餐。"我说。

"有的有的。"他赶紧回答。

"那我在校门口等你。"我说。

我站在校门口等了十五分钟后，看到阿春从远处跑来，穿着开学时的那件红 T 恤，一晃一晃的。

他跑到我面前，在路灯的照耀下，我发现军训过后，他变黑了。

他朝我笑了笑说："要不我们去吃鸡公煲吧。"

我们在餐馆坐下后，他把菜单递给我，说："阿米，点你喜欢的。"

我说："你点吧，我不挑食。"

两个人再三推辞，最后还是我点了餐。我点土豆时，他说他也喜欢；我点藕片时，他说他也喜欢；我点腐竹时，他说他也喜欢。

点完后，他说："阿米，我们口味差不多哦。"

听到他一个男生说“哦”时，我差点一个白眼翻死他。

好在，他和我一样，吃饭的时候不喜欢说话，那顿饭也吃得开心。

结账时，老板娘告诉我，已经结过了，我问什么时候，老板娘说：“你男朋友刚刚来说要加一瓶饮料时结的账。”

我还没有向老板娘解释阿春不是我男朋友，阿春就拉着我走出了餐馆。

我问：“你什么意思啊？”

他说：“让女孩子请吃饭多不好。”

我说：“那你就让我欠你人情？”

他笑笑：“我们是好朋友啊，什么人情不人情的。”

从那天起，我们一直以好朋友的方式相处着。我参加了文学社，他一个工科系的男生也加入进来；我进入了院学生会宣编部，他也加入进来；我加入了学校的志愿者协会，他也加入了。

我们不同学院不同系，我却总能遇见他。喜欢穿红色 T 恤的微胖的他总能时不时地出现在我眼前，帮我做一些小事。

我喜欢熊他，也喜欢开他玩笑，但他从来不会生气。

3

大一下学期的时候，学生会的一个长得挺帅的学长向我表白，颜控的我答应了。

我和学长在一起的那天，阿春给我发了一条信息：“阿米，以后不能带你去吃鸡公煲了，你要幸福哦。”

我回了他一句：“能不能不要加一个‘哦’，很娘！”

他回了我一个字：“哦。”

学长对我挺好的，我们也有很多话题可以聊。只是他从不和我去吃鸡公煲，不和我去小吃一条街吃烧烤、凉拌面之类的小吃。

他喜欢带我去一些装修有格调的餐厅吃饭，吃着那些精致的点心，我感觉没有在小吃一条街吃得那么痛快，总有点不自在。

有一次，我向学长提议去吃烧烤，他不同意，我就软磨硬泡让他勉强答应了。

当我吃一口牛肉串，拿起啤酒喝一大口时，学长拿起啤酒抿了一小口。我笑他像个姑娘，他不生气，却不肯吃一口牛肉串。

我并不怪他，他妈妈是医生，从小就给他普及路边摊有多少细菌的知识，严禁他吃路边摊。

他家境良好，自己也会兼职赚钱，所以他去吃饭的餐馆普遍很贵。我不好意思总让他出钱，也吃不起那么贵的饭，只能找借口不和他一起去吃饭。

久而久之，学长不再和我一起去吃饭，我们的感情也慢慢变淡了。

我大二的时候，学长大四，他准备考研和毕业论文，很忙。

我们从以前每天都见面到周末见一面，慢慢地，甚至一个月都不见一面。他不联系我，我也不能去打扰他。考研成绩出来的那天，学长如愿考入北京一所重点大学。

我打电话向他祝贺，他说："阿米，谢谢你，我们分手吧。"

室友担心我想不开，她们不停地安慰我，其实她们不知道，我和学长的感情并没有那么好，我也知道分手是迟早的事，对我对他都好。

在我和学长分手的第二天，阿春就给我打电话，他说：

“阿米，一起去吃鸡公煲吧。”

我到达餐馆的时候，阿春已经早早地在那儿等着我了。这一次，他没有穿那件大红色的T恤衫，好像还变瘦了一点。

那天的鸡公煲配着啤酒，土豆、粉丝都很入味，我好像很久没有吃到这么好吃的东西，也好像很久没有这么放松过了。

阿春送我回寝室的时候，我对他说了一句：“谢谢和对不起。”

谢谢他对我这么好，对不起，我辜负了他对我的好。

他问我：“那我们还是好朋友吧。”

我说：“是啊。”

那天晚上刷朋友动态，看到了阿春的一条动态，一个开心的表情。

其实他对我好是因为他喜欢我，这些我都知道。

他从大一开始就很关心我，我也不相信男女之间会有真正的纯友谊，只是一个不说，一个装傻而已。

而我就是那个装傻的人。

4

我和阿春又像回到了大一的时候，打打闹闹，经常一起去搜罗好吃的。

我总笑他胖，他说胖点儿可爱，转眼又一个人去运动场跑步，他问我："阿米，你是不是不喜欢胖胖的男生？"

我说："没有呀，我挺喜欢你的，朋友的那种喜欢。"

我知道阿春喜欢我，我却不知道自己喜不喜欢阿春。我喜欢他陪着我，喜欢他听我分享快乐与不快乐的事，喜欢打个电话就有人陪。

大三过去一半的时候，我准备考研，我问阿春准不准备考研，他说他想一毕业就去上海发展。

那是阿春第一次和我想法不一致，我说："那好吧，我要闭关修炼了，就不能和你去吃好吃的了。"

他说："加油！"

我每天六点起床，除了吃饭，都在考研教室度过，十点钟回寝室。准备考研的第一天，晚上十点从自习室出来时看到了图书馆门口等我的阿春，我问他："你在这干什么？"

他说："我也刚自习出来，虽然我不准备考研，但是我也要修炼成学霸呀。而且这么晚，你一个人回寝室不安全，以后我送你。”

我准备考研的那些日子，阿春怕我分心，他不和我在同一个自习室，但是一定会在图书馆门口等我。

室友们问我：“阿米，你和阿春在一起啦？”

我说：“没有，我们是好朋友。”

室友说：“我感觉你们是互相喜欢的，只是你自己不肯承认。”

我没有再说话，因为室友说得对，我不肯承认，也是我虚荣。就像当初和学长在一起，只是因为学长家世好，长得好，又是部长。

阿春微胖，长相一般，怎么看都不是我喜欢的类型。

可是爱情除了一见钟情，还有日久生情。

阿春是从什么时候走进我的心里的呢？也许是大三的那个平安夜，我和学长分手没有多久，阿春跑来问我有没有吃苹果，我说没有。

他立马从书包里拿出一个苹果递给我，他说你吃吧。

我说苹果打蜡了，没削皮不能吃啊。

他委屈地说那你带回寝室吃吧。

心动是从那一刻开始的吧。

5

很快，我们进入大四。

阿春忙着去实习，我全心全意投入考研复习。

没有阿春陪我回寝室的日子，竟然有点儿不习惯。有一个习惯不会变，我们每天睡觉之前都会向对方打卡，他会抽查我的英语和政治知识点，也会告诉我，他在实习中学到了什么。

最为难得的是两个人不约而同地努力，共同进步。

在我紧张地进行第三轮复习后，考研的初试来了。考完的那天，阿春没有问我考得好不好，他带我去吃了很多好吃的。

我们把这座城市的美食都挖掘出来，很多年后想起来还会很温暖。

我和阿春也是初试结束的那天在一起的，我们一起吃着小面，加了很多辣椒，阿春说有点儿辣，去买瓶饮料。

馨颜野生插画师学院 风林晚/绘

美好的爱情，哪会让你感觉有一种无法忍受的痛苦，更多的是在相濡以沫的平凡生活里，变得心甘情愿。

馨颜野生插画师学院 小麦/绘

不幸的爱情，各有各的不幸。而幸福的爱情却都是如此相似，那就是对你的亏欠，足够我想耗尽余生，慢慢偿还。■

我说："阿春，我们在一起吧。"

他说："一起啊，但是没有人在这儿，小面会不会被人收走？"

我说："笨蛋，你不想和我在一起就算了。"

他说："这句话应该由男生来说。"

那天回寝室，我们第一次牵手，路灯下我们的影子一高一矮。阿春还是微胖，还是喜欢穿大红色的 T 恤衫，他不符合我找男朋友的一切标准，可是走进了我的心里。

寒假等初试成绩的日子很难熬，阿春和我不在同一个地方，他每天都给我打电话让我不要紧张，给我讲笑话逗我开心。

初试成绩出来那天，阿春说无论好与坏都不要放在心上，可我还是失望了，离喜欢的大学差几分。

考研哪儿那么容易，说考上就能考上，我怪自己准备的时间太晚，准备得不够用心。

除了接受就只能接受了，家里人让我准备找工作。我没想到的是阿春怕我想不开，特意买了飞机票飞到我所在的城市。

他想给我一个惊喜，没有让我去机场接他，还被的士司机坑了一百块钱。

我带他去吃了家乡的特产，口味虾、糖油粑粑，等等。他说："阿米，真不公正，为什么你吃不胖？"

我把最后一只小龙虾抢过来说："天生的。"

考研没考好，日子还得过，只是压力却更大了。家里人希望我回家乡找一份稳定的工作，比如公务员、老师。

而阿春学的专业更适合在大城市发展，他想趁年轻的时候去上海闯闯。

他家在湖北，我家在湖南。临省，坐高铁三个小时，可我爸妈曾说过只能找本省的。

我们也落入了俗套，异地恋，找工作，家长不同意。

6

当相机定格在大家把学士帽扔上去的那一刻，我和阿春毕业了。

毕业典礼结束那天，阿春请我和室友们去吃饭，室友说："阿春对你真的很好，你不要辜负他。"

阿春用一顿饭就拉拢了室友们，用无数餐饭拉拢了我，有一句话是这样说的——爱就是在一起吃很多很多饭。

作为一枚吃货，急需一个能陪我吃遍大街小巷的男朋友，我怎么会辜负他呢？

我鼓励他去上海，而我也回家乡考了编制。前段时间我通过了一所中学的笔试，面试还在准备中。

在风和日丽的一天，我做了一桌爸妈喜欢吃的菜，在他们夸我懂事了的时候，我告诉他们，我谈恋爱了。

他们问我是谁，我说别急，听我讲个故事。当爸妈认真听完我和阿春的故事后，他们沉默了。

我知道他们是为了我好，哪个父母不想儿女过得幸福，如果爸妈不同意，我就慢慢地说服他们。

一辈子这么长，慢慢来，要对自己的爱情有信心。

沉默了一个小时后，他们说："只要他对你好，爸妈就同意。"

我给他们看了阿春的照片，他们笑呵呵地说："一表人才呀。"

我打电话告诉阿春，阿春的开心都能够从电话那边传递过来，阿春说他要努力，存钱娶我。

阿春在上海找了一份不错的工作，我也有自信通过几天后的面试。我们也许会遇见很多困难，但是我们相信，只要共同努力，为了彼此的未来加油，一切都会往好的方面发展的，不是吗？

谁说毕业后就会分手？我和阿春的爱情才刚刚开始。

（诺然：简书签约作者。一个喜欢胡歌和写故事的姑娘。微信公众号：诺然 yz Nuoran77）

只有大学才能谈得出这样的恋爱

_文 · 另维

1

我讨厌你。

现在是下午四点，已经给了你三条短信六通电话，还是有去无回和暂时无人接听。

我前天才接受你深情款款的道歉，结束我们为期三天的冷战。三天前，你暴怒地撕碎连夜排队、辛苦到手的火车票，恶狠狠指着我说："老子真是瞎了眼才找你这么个蛮不讲理的女人！"

时值十一伊始，你寝室其他三人都回家或旅游去了，我抓起你椅背上一个月没洗的牛仔裤和 T 恤，一股脑儿扔到你脸上："你现在就给我滚去找个讲理的！"

余音缭绕，我头也不回地走出你的寝室，你把木头门关得震天响，我在走廊上徘徊伫立、伫立徘徊，良久，依旧不见你开门甚至探出头来。

你隔壁寝室的人回来了，拨弄着手里的钥匙，一边上楼一边朝我笑："来找亢羽啊。"

我白眼一翻，无比不屑，"谁脑袋有病找他啊"，起步就走。

我一级一级踩着台阶下楼，可直到走出东区 14 栋，都没有听见任何来自你的声音。秋分时节的上午亮亮凉凉的，我最后望了一眼你所在的五楼，关上手机拔掉电池，消失。

我在一个月前答应十一去你家乡见你爸爸妈妈，你为我开言行举止特训课，吃饭也不忘恶补你父母二人的喜好憎恶，每天张口闭口"你见我爸妈时千万要……""你见我爸妈后千万别……"可临行前一周，我不知吃错了什么，嘴唇嘴角齐齐上火，又红又大的火包摧毁了我的下半张脸，无论药膏一日三抹，还是不停喝水调养，都无济于事。

无奈，我只好亲自登门向你宣布假期哪儿也不去，于是你就这样大发雷霆气走了我。

三天里，我坚持电话不接，短信QQ微博人人留言但凡是你一律无视，终于取得阶段性胜利。你登门认错，自我检讨，赔礼道歉。

“那个，我知道你是想给我爸妈留个好印象。你这么善良温柔，我还对你发脾气……我现在知错了，原谅我一次好不好？”

话音未落，我已缩进了你消瘦了一圈的怀抱，心疼地捏捏你，整个世界一片祥和温柔。

可是现在，甜言蜜语犹然在耳，你竟一声不吭地消失了。

2

假期的图书馆空旷又清寂，我放下正在绘制“生产可能性曲线”的笔，继续拨打你的号码，还是暂时无人接听。

你不会忘带手机的，你说过手机是让我随时找到你的唯一方法，你死都不会忘了它。

那么究竟是什么让你选择不接我电话呢？你在做不能让我知道的事吗？还是你不希望现在在你身边的人知道我的

存在？

是的，无论如何结论都只有一个：你昨天的惯性挽留不代表爱，你已经不再那么在乎我了。

指间呼呼转圈的圆珠笔掉在地上，自习室里静静的，我俯身去捡笔，忽然红了鼻头。

你以前不会这么对我的。

大一刚开始的第二周，我沉浸在菜色繁多环境良好的食堂里无法自拔，每天都要挤进人群，挥舞饭卡奋力尖叫“一笼小笼包”。食堂师傅收走够不到读卡器人的饭卡，刷完之后和小笼包票一并归还。食堂人多手杂，师傅眼花缭乱，终于有一天还错了饭卡。

寝室里，我伏案端详学生卡上你那张有点猥琐和呆滞的脸。亢羽，0930068XX01，男，初步判断为任重书院2009级新生，可这些皆非我所欲，我的卡余额25元，我多希望你的卡上余额能至少多上两倍。

小卖部里，新生们四处张望欢声笑语，我的希望在刷一杯冰红茶都被告知余额不足的顷刻间破灭了，独自忧伤了几分钟，我决定当一回雷锋。

当天傍晚，我更新了人人网上的状态。

“中午在食堂误拿饭卡一张，姓名亢羽，学号0930068XX01，现寻找失主，求转发。”

互联网很强大，人人网更是无孔不入，没到三天，你发来好友申请。我们约好时间地点，我还你饭卡，你请客吃饭以示感谢。

周五下午的食堂人不多，天色尚早，浅白色天空被铝合金窗棂割成一块一块，你停在我面前笑容尴尬地问“另维吗”的时候，我差点没认出来。

你比照片上好看不少，球鞋T恤牛仔裤让你浑身上下散发出一股阳光的味道。你皮肤有点黑，笑起来眼睛亮晶晶的，你的个子很高。

我说“是”，想把手放进上衣口袋，摸索了半天才想起出门前换了衣服。

你倒直截了当，张口就问：“你想吃什么？”

“小笼汤包。”

我如实回答，然后你转身就朝最为拥挤的窗口走过去了。

相对而坐，我们之间只有扒饭和夹菜的筷子声，已经过了五分钟，我们依旧各自埋首饭碗，吃得无比专注不亦乐乎。

“我吃饱了。”我放下筷子对你说。

“啊？”你连忙抬起头，用沾着饭粒的脸迷茫而木讷地看我。半晌，你终于再度张口。

“哦。”你说。

你的嘴角在蠕动，似乎还想再说点什么，但蠕动了半天，还是什么也没有说。

我决定拯救你。

我掏出饭卡递过去，开启下一个话题。

“喏，你的，不用谢。”

你又笑又点头，“谢谢”，然后伸手接，在碰到卡的一瞬间抓了个空。手悬在半空中，你一脸困惑地看着我。

我也很困惑，伸手朝向你说：“我的卡也还给我啊。”

“啊？”你迟疑了一会儿，开始解释，“我没有拿你的卡，当时就发现卡拿错了，我四处问谁拿错了卡，他刚好站在我旁边，就拿走了，可惜他手里的卡不是我的。现在想起来，好像是个女生的样子……”

“你怎么不知道把我的卡拿过来啊！茫茫人海你让我现在

上哪找他啊！”我忍不住叫道，为什么明明三个人丢了卡，我是唯一一个倒霉的。

你茫然地看着我，手足无措。一双大眼睛纯洁又无辜地眨了又眨，与我的失态形成鲜明反差。

“算了，不是你的错，谢谢你的晚餐，拿好你的卡别再丢了。”维护形象心切，我把卡塞给你，笑得轻盈又活泼，好似花儿一朵。

“不不，”你竟推辞不接，一本正经，“我有责任，这样，我去帮你把卡找回来，在那之前就把我的卡押在你那里好了。”

“不用了……”我一边推脱一边把饭卡往你手上塞。

可你连说几句“我找回你的卡就回来换”后，便摆着手匆匆跑了。

我喊你名字，想说真的不用了，可话未张口就见你跑得更快了。

室友们对我的“奇葩遭遇记”赞不绝口，小房间里笑声未绝。窗外的天黑洞洞的，寝室里灯火通明，我打开电脑，继续刷人人。

我给你留言：帅哥，你这么善良，我情何以堪。

“呵呵。”你明明在线，可这么两个字却直到半小时后才回。

周一中午，我又一次收到你的留言，说卡已找到，上次的食堂上次的地点相见。

我在涌动的人潮中找到你，你远远地冲我笑，我忽然发现你笑起来眼睛会弯，很有灵气的样子，和你这个人极不相称。

接过饭卡，我反复翻弄了几遍，很是疑惑地问，“这是我的卡吗？”

我用卡如吃卡，两周下来早就刮痕累累磨痕斑斑，手里的这张却是崭新的。

“这是我今天上午帮你补办的。”你解释道。

我连忙羞涩道：“这怎么好意思。”你摆摆手，答了一句“没事的”。

又问起你怎么能补办我的卡，你闻声后转脸，一本正经地说：“只要在补卡机输入姓名和学号就行了。”

“你知道我的学号？！”

“那天看过你的卡，瞄了一眼学号就记下了。”吃罢饭，你一边下楼一边答，不紧不慢，“可能因为念数学系，对数字比较敏感吧。”

亢羽，我发誓我很想跟你聊聊天，可我无能为力，你的每一句话都像最后一句话，我实在不知该怎么接。

就这样，我们像两个各怀鬼胎的沉思者，沉默地离开食堂，穿过人群，穿过校园里连绵不断的林荫道和楼宇，继续专注地走路。

“下课去吃饭”和“吃完饭回寝”的大片人流聚集了又散尽，我终于无法忍受了，伸伸懒腰“呃”一声，说：“我回寝室啦。”

“哦。”你点点头，添了一句“再见”，转身走了。

我很苦恼，纵使各种社团日日上门招新，身边奸情苗头四起，小生活里八卦和新闻不断，我还是一连几天都无法把你无情的背影赶出脑海。

也许是课程差异太大，我从未在上课途中或教室门前偶遇过你，但你常出现在我人人的访客记录。每见你出现一次，我都要把人人翻个底朝天，可到处都没有你的留言。

我去给你留言：帅哥，人人这东西，光看不踩不是好公民。

一小时后，你回复了我。是一张黄色的笑脸和一句“呵呵”。

日子过得很快，上海的冬天来得迅猛而热烈，空气异常湿冷起来，我惊奇地发现，你真的开始给我留言了，而且数量相当之多。

是的，我每更新一条状态，你都会第一个回复，你回“沙发。”亘古不变，句号从不输成逗号。

我尝试了千百种再回复，从“恭喜”“你能说点别的么”“你都能开座沙发城了”到“创新啊兄弟！”可你永远只回我“呵呵。。。”从不少打一个句号。

你的“沙发”遭到了围观，室友回复我，另维，那个每天来抢沙发的人是你追求者吧，求交代！

我手忙脚乱删除这一条，可似乎还是被你看到了。从那以后，你再没来“沙发”过。

可是，亢羽，我怎么也想不到，这样的一个你，有一天会站在天黑后的寝室楼下，抱着一把插了音箱的吉他，大声念出我隔壁女生的名字，为她唱情歌。

那是期中周的星期五，天刚刚黑下来，女生寝室区一片喧闹繁华。我在上网，忽闻有人从走廊那头狂奔过来，边跑边喊："快看快看！楼下有男生搬来了音箱吉他，好大阵势啊！"

我连忙伙同室友蹿到窗前，意欲一探究竟。楼下人很多，被团团围住的两个男生肩背吉他，前奏一响，精湛的琴技赢来掌声阵阵。

"这首歌送给 418 的许安妮，希望你明白我的心意。"

站在窗台上，我顿时就傻了。亢羽，即使你戴了帽子，你的声音我太熟悉了。

我有如五雷轰顶，大脑充血浑身僵硬。乌黑色的天幕被零星的路灯点照着，你拨着琴弦，在骤然安静下的寝室楼前唱了起来。

"你是我的眼，带我领略四季的变换；你是我的眼，带我穿越拥挤的人潮；你是我的眼，带我阅读浩瀚的书海；因为你是我的眼，让我看见这世界就在我眼前……"

歌声婉转，情深意切，在延绵不绝的掌声和尖叫中央，你唱歌投入和陶醉的样子像一根巨大的针，直梗梗扎进我心脏。胸口涌起了钝重的疼，我每呼吸一次，痛便更甚一层。

我摸出手机打开你的人人留言板，我想输字输得快一点再快一点，可手指又麻又抖，怎么输怎么错。

索性丢下手机，在室友“这么晚了你上哪去啊”的追问中甩门而去。

我一言不发地下楼，挤过人群，来到你面前，丝毫不管四周人的言语和眼光，嫌恶地看着你。

“你能不这么折磨我吗？你能滚到别的楼下唱去吗？”

你帽檐投下的阴影盖住了眼睛，隐隐感觉到你的目光，气血乱作一团，我狠狠将你推开，喊了句“别挡路”扬长而去。

我的手腕便被人从身后抓住了，我转身，见你僵硬地站在那里，格外手足无措。

“你别误会啊！”你声音很急躁，“我室友想用这种方式跟一个女生表白，但他不会弹也不会唱，就找我和他一起戴着帽子挡住脸，造成是他在唱给她的错觉，你别误会啊。”

周遭议论纷纷的，我试着挣脱你的手，可你反而抓得更紧了。

“你千万别误会啊。”你又说了一遍。

我盯着你看了一会儿，转过身，踮起脚尖倾斜身子，啄上你的脸颊。

你的手松了，人群中有人鼓起掌来，我害羞，于是我绕开你，三步并作两步，头也不回地跑回寝室。

是夜，我蜷在被窝里，摸出手机，在隐隐的光里打开人人。

看到你在线，心脏不由颤了一下，点开你名字，正在思索纠结要如何跟你打招呼时，手机震动，是你的信息。

“那个，问你个问题可以吗？”

“问。”

“我们这样……算男女朋友了吗？”

被窝里闷闷的，让人有些呼吸困难，我反复删除打好的字，终于在你一句“还在吗”之后确定了最终版本。

“应该算了吧。”

“哦。”五分钟后，你这样回。

我试图找个话题，但依旧不知说什么好，手指在键盘上来回摩挲，大约又是五分钟后，手机再度震了。

“你好，女朋友。”

夜又深又静，我盯着屏幕，很想把脸捂上。我打字，“你还能说出更惨不忍睹的话吗”，然后删掉，换上了一张可爱的笑脸。

3

这些事情眨眼就过去两年了，图书馆还是那时的样子，大三的你却变了。我的《货币银行学》摊在桌上，四十分钟没翻一页，已经是第九通电话了，你还是没接。

你到底和谁在一起，又是什么时候变成这样的。

你那个时候，无论短信电话都回得及时又迅速；食堂的水煮鱼里全是豆芽，你掘盘三尺也要翻出鱼丁夹给我；你完全没有脾气，随叫随到，每时每刻都陪着我，凡事让着我，整整一年我们只有一次冲突。

不过，那真是一场可怕的冲突。

大一末尾的某个没有课的上午，我给你打电话，你那头静悄悄的，我压低声音问你：“在上课？”

你用轻到近似于无的音量“嗯”了一声，我顿时就乌云密布了。

我刚读完一篇人人网的“分享”文章，《男生揭秘：十大欺骗女友的绝招，你中过几招？》中的开篇第一招：

你曾经被男朋友这样对待过吗？

打电话给他，他不说话，对面很安静，你问他是在上课吗，他“嗯”一声，你便连忙挂掉电话，内疚又自责。

你想过事实其实是这样的吗：他正在和某个女生共进晚餐，相聊甚欢时电话响了，他接听，不说话，你问他是在上课吗，他一边和对面的女生对视传情，一边“嗯”一声。挂电话后，女生娇滴滴地问是谁的电话啊，他轻巧地回答：“打错了。”

我一边浏览一边比对你的言行，怀着试一试的心打给你，竟上来就撞了个正着。

时值2010年初夏，天气难得凉爽，我一个人在寝室反复扫视这篇文章，忙音在耳边经久不散，我的肺都要起火了。再次拨通你电话，不等你开口，我便大喊起来：“要么分手，要么立刻给我证明你真的在上课！”

你颤着声音问我发生什么事了，很是紧张和莫名其妙，我让你少废话，你意识到我很严肃后，匆匆说了句“你等一下”，然后，电话那头的声音忽然变得很大。

“孙教授，不好意思，请问我可以去一下厕所吗？”

“自己站起来走啊，你大学都上了快一年了，怎么还像个高中生一样？”

笑声四起，你室友大声解释：“他女朋友电话查岗，他是在向女朋友证明他真的在上课，没在外面瞎搞！”

“多好的女朋友啊。”教授话音未落，一百余人的教室骤然爆笑，我也终于安下心来。

你得知事情始末，立刻暴跳如雷了，又是甩手走人又是不回短信和彻底关机，我知道自己理亏，亲自登寝室道歉，可你一句“你还知道道歉”的讽刺之后，目不转睛盯着你的DOTA（电子竞技游戏），再没看我一眼，说一句话。

我的生活全变了，清晨没有你的电话叫我起床，上课没有你为我占座，放学没有你载我去食堂，最要命的是，没了已经习惯太久的、从不间断的短信电话和网络聊天，我总觉得缺什么，走到哪里都惶惶惑惑、心不在焉。

电脑前，我反复翻看你不在线状态的 QQ 人人飞信微博记录，思考做什么才能使你回心转意，最终决定更新一条人人状态。

“亢羽，对不起，我下次不敢了。如果我的道歉被转发了一千次，你就再给我一次机会好吗？”

大学生的八卦和传播能力再一次得到了强力证实，状态刚一发布，我的人人就像安上了喇叭，转发、评论提示音响不停，“感动！”“羡慕嫉妒恨！”“这位兄弟，原谅你女朋友吧”……各路留言纷至沓来，我还来不及回复，电话也跟着响了。

“另维你不至于吧，你好歹也是个女的啊！”听筒里，室友的尖叫阴阳怪气。

“我不管我什么都不管了，他这样对我我完全受不了……”我越说越心酸，忍不住“哇”地哭了出来。

当晚的选修课，你一声不响坐在了我旁边，你不搭讪我不开口，我们像两个陌生人，看黑板记笔记听讲，仿佛对方不存在。

虽是初秋，夜幕里的校园仍旧很冷，我们并肩走在放学回寝的人流中。头顶上方路灯一字排开，昏黄的亮和微弱的暖散发出来，你吸了一口气，你像是自言自语地开口了。

“私底下我就不奢求了，以后在外面的时候，稍微给我点面子吧。”

“啊？哦。”我闻声转脸，连忙回答。

夜色里到处是紧紧相偎或者嬉戏而过的情侣，你终于把目光转向我，认真地说：“这两天委屈你了，我让你打我一下解解气吧。”

“不要！”我扑进你怀里，说，“心疼。”

“傻瓜。”路过的男生这样责骂他身旁的女生，我抬头看你，你也正看着我，晶亮的眼眸黯淡了头顶的星光。

4

往事历历在目，《货币银行学》换作了GRE单词书，我翻来翻去，还是一个字也看不进去。

图书馆安静得惹人胸闷，我索性合上书本，收拾东西回寝室。

又是一年新生入学，十一不回家不出行，手捧相机在学校里四处奔跑。生面孔多得叫人不习惯，高中生味儿未脱的女孩子们成群结队笑成花朵，“学长，南区一条街走么走？”“带我们去？不用啦太麻烦您了！”“那谢谢学长……”一路上，看着去自习室途中的猥琐男们纷纷落马，我忽然不再想深究你的去向了。

是的，大半年前，你大二最堕落的日子里，也不曾这样待我。

彻彻底底的置之不理，仿佛世间没有我，没有我们这段漫长的曾经。

去年十月的第一天，我邀你去吃海底捞，可电话接通后，你沉默不说话，我“喂”了两声后生气地叫你名字，你才像是忽然晃过神，一句“我现在忙，待会儿打给你”后便匆匆挂了电话。

胡思乱想了半小时，你打来了。解释说刚刚在打 DOTA 分不开神，认错态度良好。听着你可怜兮兮地说，“对不起嘛，平时学习那么苦，好不容易放假了，和同学一起轻松一下”和“理解一下啦，两寝室八个人联机，缺我一个算什么……”我憋了一肚子的火哧溜哧溜就熄了。

可事情就这样持续了七天，你只陪我吃了一顿饭，其余时间全部在“总要轻松和自由一下”和“难以拒绝兄弟的盛情邀请”的理由下在游戏中度过。我很委屈，选修课上拒绝与你同桌，你坐过来我就走，不说二话。

你给我发短信，一分钟三条，“老婆，我错了”“老婆，求原谅”“老婆，你别不理我……”我读完后朝你看，你马上摆出一张哭脸，一边努嘴一边无声说“我爱你”，又可爱又可怜。

也不知道你是什么时候起这么精于甜言蜜语和油嘴滑舌的。

放学路上，你悄悄追上来紧紧抱住我，我挣脱不掉，只好任你在身后得意地笑。

“好啦，别闹了，我错了还不行吗？”

一盏接一盏，昏黄灯光点亮的夜路长得没有尽头，我揪了你一下，怎么也气不起来了。

大二的功课又多又难，我每天赶课赶作业马不停蹄，转眼就到了十一月。

我快过十九岁生日了，你的短信和电话骤然减少，像在筹备一场巨大的惊喜。

心照不宣地熬到生日当天，和室友吃罢午饭唱完歌，我还是没有你的消息。忍不住拨通你电话，你那边闹哄哄的，问你在哪儿，你犹豫了一下，说华中科技大学。

“你在武汉？”我惊得下巴都要掉了。

“WCG（世界电子竞技大赛）上海赛区满了，我们寝室战队只好集体来武汉……”

你吞吞吐吐地解释，秋末的上海难得阳光明媚，我像是被刀挖空了身体，木讷地问：“你记得今天是什么日子吗？”你“啊”了一声，反问我什么日子的瞬间，我忽然失了语。

挂上电话，心里静静的，我怎么也气不起来。

截然不同于以往地气不起来。

电话响个不停，我接通，静静地说：“不是什么重要事，我也没生气，祝你玩得开心。”不待你出声便挂断。我什么也不想听。

短信音也接二连三源源不断，我索性关机。

唱完歌、吃完晚饭、跳完舞，我和室友拖着快散架的老骨头爬回寝室后不久，你的电话便打到她们那儿去了。

你求室友让我接电话，我讲完你的所作所为，她们也纷纷关机，坚决支持我与你断绝一切联系的决心。

长夜漫漫，我辗转反侧无法入眠，心虽平静，却仿佛哪里缺了一块，怎么躺怎么不适。

我摸出手机，忍了一忍，还是没有打开。

就这样了吧，我想。

夜半，楼道里的声控感应灯从一楼亮到六楼，我的名字一遍比一遍响亮地传来。渐渐地，寝室灯也亮了，“叫另维的赶紧出去吧，姐们求你了！”女生烦闷的吼叫紧随其后，我实在内疚，只好踩上拖鞋噼里啪啦地下楼。

寝室楼门已经锁了，长夜凉如水，你站在铁门外面焦躁地看我，我问你有事吗，你紧紧抓住铁框，一遍一遍地说对不起，带着哭腔。

“我真没想到会忘记你的生日，去年在一起时你的生日刚刚过去，我盼了一年，想给你惊喜，临到头竟然忘记了。你别走，我求求你听我说完。一个让我不想上课忘记你生日的东西，真的太可怕了，我跟你发誓，我再也不打 DOTA 了，再也再也不打了，我连夜赶了六小时的火车回来找你。他们要笑死我了，我不管了，只求你再给我一次机会……”

“你说完了吗？”我打断了你问。

你住了口，紧张又迷茫地看着我。

“你如果真这么想我被赶出寝室，就继续喊吧。”最后冷冷看了你一眼，我转身上楼。

此后，你无时无刻不跟着我，我吃饭你抢在我前面刷卡，我买饮料你连忙付钱，我瞟你一眼你马上殷勤又谄媚地笑开，乐此不疲锲而不舍。

我终于忍无可忍了：“有完没完啊，你还要不要脸？”

“不要脸。”你把头摇得像拨浪鼓，认真地说，“我只要你，不要脸。”

你的表情好笑极了，你在我笑起来的刹那把我拉进怀里，我说“最后一次机会”，你紧了紧手臂，郑重地答：“嗯。”

期末成绩出来，你那间曾经的优秀寝室四人组里，一个人因累计挂科达标被劝退，一个人大半科目覆没，你这个拿了一堆B甚至C的人，竟然被室友封为大神，日日膜拜。

寒假，你喜气洋洋地回家过年去了。大年三十的晚上，你发短信让我下楼，看到你裹着羽绒服瑟缩在不远处的雪地上，我扑进你怀里，责怪你大年三十跑到外地太不懂事。

“太想亲口对你说声谢谢了，一个能在我误入歧途时拉我出来，并对我不离不弃的女人，我得妻如此，夫复何求？”

我看着你庄重严肃的样子，忍不住问：“……大冬天贫嘴，你不怕冻死？”

你置若罔闻，竟松开我单膝跪了下去，继续不苟言笑，掷地有声。

“现在花父母的钱，我买再好的都没有意义，等我有能力了，换大钻石给你，好吗？”

黑夜被白茫茫的雪地照得发亮，鞭炮和烟花远远地唱着歌，你摊开冻得发白的手掌，露出一枚银光闪闪的戒指。

你看着我，认真的表情十分滑稽，可我笑不起来，我吸吸鼻子，捂住嘴巴呜呜哭了。

我把你扯上楼，一边敲门一边喊：“爸妈，我男朋友来给你们拜年了！”你惊慌失措的样子还清晰如昨，却其实已经很久了。

5

美好的往事一件一件过去，你现在连我的电话都不接了。

我在寝室里来回踱步，又觉得自己真是可笑至极，你不爱了，我又何必为你烦心。

我摸出手机，打字给你："早就听说爱情是会随时间渐渐淡去的，现在这一天终于来了，既然你已经不再那么每时每刻地想念我了，我们也没有继续相处下去的必要。谢谢你这两年来给我的一切，谢谢你让我感受了爱情，祝你早日重新找到让你每时每刻都无比牵挂的姑娘……"

还没打完便尽数删除，都要分手了，说这么多实在没有意义。

我思来想去反复编辑，发了句"再见"给你，言简意赅。

空气忽然有些不一样。

是的，我刚刚结束一段长达两年的感情。重生在即，我要去换个发型，饱餐一顿，美美睡上一觉，以最好的状态等待真命天子的到来。

至于你，亢羽，如果十年之后再次见你，我想我会停下脚步对你说一句好久不见，毕竟曾经一起走过一段不算短的路。

我化好妆梳好头，换上漂亮衣裳高傲地出门，下楼的路上电话响了，是你。

我果断拒接，是的，我们已经没有任何关系。

又觉得还是要把一切说清楚，于是接通你第二次打来的电话。

“老婆，”你叫我，听起来气喘吁吁的，“刚刚在打球，手机放在篮球架下，没听见震动……你怎么了？出什么事了？怎么打这么多电话？”

我想象你浸满汗水的脸上焦急又无辜的表情，委屈得想哭。

“你怎么能这么久不接我电话！”

“我错了好不好，不是告诉你刚刚在打球吗？六点了，饿了没？一起吃饭吧，我是在食堂等你，还是去你寝室接你？”

“唔，你来接我。”我把电话贴上耳朵，甜腻腻地说。

你真是全世界最讨厌的人。

惹我酸，惹我疼，惹我心烦牵挂绝望欢喜，一句话把我踢进生不如死的地狱，又一句话将我拉回极乐，还不自知。

窗外的天很蓝，学妹们在楼下穿行不息，我回到寝室，一会儿照照镜子，一会儿瞅瞅手机，祈盼你快点来，再快点来。

（另维：90后作家代表人物，华盛顿大学本科在读。微信公众号：另维 lingweijiayou）

喜欢你，
像逆着风掉进雾里

_文 · 十三夜

1

下班后，我站在马路旁边，看着拥挤而又急速行驶的车辆，在这座我依旧不熟悉的城市里，那一瞬间，看着头顶碧蓝色的天，忽而热泪盈眶，我仰起头，努力挤出一个微笑，在心里鼓起勇气对自己说：你不许哭。

这座城市似乎没有之前那么炎热了，我忽而意识到，夏天终于过去了。

2016 年的夏天仅此一次，此去经年，还会有无数个夏天，却再也不会有第二个 2016 年的夏天。

似乎所有故事都喜欢发生在夏天，所有回忆都喜欢停留

馨颜野生插画师学院 静水/绘

所谓的爱，从来就不是互相凝视，而是注视同一个方向。

爱是你小心翼翼保护我一切弱点，爱是你绝不触碰我的底线和原则。■

在夏天，而心里念念不忘，想起他时，依旧会疼得撕心裂肺的那个人也被留在了回忆里的夏天。

佛曰，人生有八苦：生，老，病，死，爱别离，怨长久，求不得，放不下。

看到这一句话的时候，我好像理解了关于遇见，关于宿命，关于那些无法逃脱的事，我终究是无法去避免。正如同，在人生的这条路上，总有一段路，只能你一个人去走，没有人能够帮得了你，你除了自己坚强，别无他法。

2

如果有人问我：这辈子最不想遇见的人是谁？

那么，我一定会毫不犹豫地回答：流星。

可是，命运，有时候就喜欢捉弄人，在我不起波澜，如白开水一样无味的日子里，流星以我猝不及防的姿态闯进我的世界。从此，我的生活像刮了一阵疾风，被吹得七零八落。

那一年，我 17 岁，正是倔强和叛逆的年纪，在和母亲大吵了一架之后，我决定离家出走。不知道为什么，也是在那几天，我忽而生出了一个念头：来一场说走就走的旅行。

我拿着银行卡把平时存的几千块钱全部取了出来，从衣柜里拿了几套换洗的衣服，第二天早上天还没亮，留下一张给母亲的纸条，坐上了去云南的火车。

后来，我才知道，像那样疯狂的时刻，大概，这辈子都不会再有第二次了。

没有考上理想的大学，多少是有些心灰意冷的，但倔强如我，也只敢在深夜里，关上房门，一个人悄悄痛哭。

听说，丽江，是一个适合艳遇的地方。

火车抵达丽江的时刻，已是第二天早上天亮，一路颠簸，差点把我颠出眼泪，而我一路心酸一路委屈，只是像赌气一般，不让自己的眼泪掉下，也不想让人看我笑话。

3

我和流星的遇见，就在那个出现在电视剧里的“一米阳光”酒吧。那一天午后的丽江古城，美得像一幅画，我和流星意外地坐在了同一张桌子上，面对面。他背着一台单反相机，眉眼干净，看上去比我大很多但很年轻。

那时的我从未想过，再后来，我还会遇见他，喜欢上他。

我坐在酒吧的桌子上看着对面的他一脸认真地摆弄他的相机，一时间，心里想到，怎么会有这么傻的人？对面坐着一个美少女他居然不欣赏，一脸专注地摆弄着他的相机。

就在看他几分钟以后，忽而觉得心里很生气，我开口对他道：“喂，你说我长得好不好看？”

他抬起头，一脸错愕的表情，用手指头指向自己对我说：“你问我啊？”

我喝了一口杯子里的冰镇啤酒，点点头，还没说出话却一口把嘴里的啤酒吐了出来，一边咳嗽一边抱怨：“怎么这么难喝？”

“小姑娘，第一次喝酒呀？”他问我。

“第一次不可以吗？谁还没有个第一次？”我大声地抱怨。

他看着我咳了几声，用眼神向我示意。

我一看周围，全是用惊讶的眼神打量着我们的客人，顿时，我的脸忽而烫得不像话。

我意识到，我的话被旁边的那些人误会了，我却不知道要怎么去解释。

“哈哈，你脸红了！”他笑道。

我狠狠地瞪着他，为了表示歉意，他给我点了一杯果汁请我喝。

那一天，我们说了很多，关于彼此从未了解过的事情。

那便是我和流星的第一次遇见，我们互相给了对方联系方式，只是那时候，我无心去了解那个看起来阳光帅气的大男孩。

4

那次旅行，我整整待了五天，那是我第一次离家那么远。回到家的时候，母亲紧紧地抱着我，生怕我出什么事一般，母女之间没有什么隔夜仇，我和母亲就那样和解了。

一个月后，我又坐上了火车，那一次，不是去旅行而是去求学。

只是，没想到，我会再遇见流星。

彼时，他是系院里新来的男神老师，教习书法，而我，从他书法室经过的时候，看见那个身影总是说不上为什么很熟悉。

系院里的同学似乎很热衷于谈论他，甚至，有不少女同学偷偷地暗恋他。

而关于他的点点滴滴，却随着时间的推移，渐渐堆满我的生活，他成了我无法出口的秘密。

19 岁的那年冬天，我感冒了，戴着口罩，途经学校的大超市与他擦肩而过，他从我身旁走过，没认出我，而我也只能故作若无其事。

互不打扰，或许，对彼此都好。

5

故事的最后，我不小心崴到了脚，他开着小跑车在我身旁停下，我不知道他怎么知道我的名字的，只记得那一天，他说了一句：“夏暖，快点上车！我带你去医院。”

而我一脸惊讶地问道：“老师你怎么在这里？”

他只是淡淡地朝我道：“你的脚已经肿了。”

而我，终于鼓足勇气问道：“还记得三年前的那个夏天吗？在丽江。”

“你认错人了，三年前的夏天，我没去过什么丽江。”他回答。

我不知道他为什么不承认，但那个时候，他的身边已经有了他的良人，一个温柔而又美好的女子。

而我，却在认出他的那一刻开始，单纯而又固执地喜欢着他，只是，再喜欢，终究是说不出口的。许是他知道，许是他不知道，但我不想再去猜测他是什么意思。

因为现实就是，哪怕我百转千回，他依旧云淡风轻。

徐志摩在《忘了自己》里写道：一生至少该有一次，为了某个人而忘了自己，不求结果，不求同行，不求曾经拥有，甚至不求你爱我，只求在我最美的年华里，遇见你。

我忽而不想再去追究，流星他为什么始终不肯认我。

或许，有些遇见，只是一个美丽的意外，两个人的世界，本就注定无法殊途同归。

只是，有一种喜欢叫作求不得，多年以后，想起，心还是会疼，只是，再想念，却也没有什么理由再去打扰。

那些年轻美丽的时光，终究只能停留在回忆里的那个夏天，流星终究划过了我的世界，转瞬即逝。

（十三夜：简书签约作者。暖心、接地气、有温度的文字耕耘者。微信公众号：遇见每一个你 shisanye1994）

没想到，爱你成了一件心酸的事

_文·空白中的独舞

我曾以为，等我们工作稳定了，你会为我绾起三千青丝，着我一袭白纱。可终究，是我的任性还是你的狠心，让如今的我们，一别两宽，各生欢喜？

1

那年春天，杨花漫天飞舞，整个城市的上空都弥漫着暧昧的气息。或许，那是一个适合恋爱的季节。

和你的相遇，是再也寻常不过的桥段。同一个自习室，一前一后，你在画图，我在写文，两台电脑，两种心情。谁都不曾料想，我们后来如此相爱。

在自习室坐了很久，对着屏幕盯了半天，键盘被我无情地敲打着，写了一遍又一遍，删了一段又一段，最终还是没能写出我要的文字。顷刻间，一股无名的怒火在我的心中燃烧。我放弃了敲击，也放弃了思考，任凭自己的情绪在205教室里宣泄。

此刻的你，是那样的专心致志，沉浸在自己的图纸中而全然不顾外界的纷扰。鼠标有规律地点击着，一下又一下。

我在你的鼠标点击声中开始委屈起来，我不知道是我的懦弱，还是你的投入，让我羡煞了你。我恨自己的愚笨，为何构思许久却写不出我要的文字？难道我本就不适合写文？我也根本不是大家眼里的才女？在一遍又一遍的自我否定中，情感的洪流决堤而出，我竟独自抽搐起来，一哭便不可收拾。

空荡的教室，你的鼠标声被我的哭声打断了。良久，你拿了包纸巾递与我。我泪眼蒙眬，看着你送来的纸巾，没有接受，只是继续哭。

你在我的身边站了一会儿，忍不住说了句：“妹子，你这失恋也不能在自习室哭啊。”

我一听这话，更是委屈了，一边哭着，一边回击道："谁失恋了？你才失恋了。"

"你不失恋你哭啥？想家啊？不会吧！"你说完，抽出一张纸巾送到我面前。

我接过纸巾，拧了一把鼻涕，尴尬地说道："谢谢你啊，我不是想家了。只是写不出来文字，心情不好罢了。"

"写文？你想成为作家啊？"你好奇地问道。

面对你的疑问，我竟然不知该如何回答，只有茫然、失措。是啊，我为什么写作呢？初衷不是说为了记录生活吗？为什么我要逼着自己去写呢？文字，是开在心上的花朵，但凡有灵性的文字，无不植根于最真实的情感。

我思索了片刻后，深叹了一口气，便开始向你倾诉起来。或许，爱情的悄然来临，就是当你敞开心扉时能得到相同的回应。

后来，我没想到，你是一个工科男，却也读老庄孔孟、鲁迅张爱玲。更没想到，你是如此深谙我心。我与你谈文学、谈艺术，你竟能回我美与哲学。后来的我们，交谈甚欢。你许我红颜，我奉你知己。

2

因为共同的兴趣爱好，我们之间的话题越来越多。你读过了我读的书，我去过了你去过的地方。

你说："以后，我们可以一起出去玩。你带上书，我带上你，我们可以一起用脚步丈量土地。"

我尴尬地笑了，却沉默不语。你大概是懂了我的心思。就在那时，我以为你会向我表白。可我等了许久，你却只言其他。那晚，我很失落。我不知道你在害怕什么，或者又在逃避什么。

后来的一周，你约我一起去图书馆看书，我借故逃避；你约我去参加城市读书沙龙，我也婉言拒绝。我以为，你只是拿我当知己，而非喜欢我。除了逃避，除了慢慢远离你，我不知道该如何克制心中对你的那份爱。

一天、两天、三天……一周过去了。我本以为不去见你、不去想你就能慢慢地把你放下。可得不到的永远在骚动，我的内心没有因此平淡安然，而早已是兵荒马乱了。

那晚，吃过饭后，我在自习室读张嘉佳的《从你的全世界路过》。

痴情的管春，痴情的骆驼，痴情的毛毛，痴情的胡言，痴情的幺鸡……每个故事里，都透露着悲凉，透露着心痛，透露着慌乱，却也透露着痴情。

或许是月色太过暧昧，又或许是故事过于煽情。我匆忙地把书收了收，然后，我鼓起勇气去找你了。是的，你不愿跨出那第一步，只好由我来跨。所谓的友达以上、恋人未满，都只是不勇敢的借口罢了。

“我喜欢你！虽然，我不知道你是否也喜欢我，但我觉得有必要告诉你我的这份心意，我不愿意等自己毕业了才去后悔。如果，你也喜欢我，我们就在一起，一起努力。如果，你并不喜欢我，也请你直接告诉我，让我知道，别让我越陷越深。”我故作镇静地说完了这番话，实际上，内心早已七上八下。

面对我突如其来的表白，你竟沉默了。在昏黄的灯光下，我明显看到了你满脸的震惊和流露出的些许悲伤。

良久，你略带痛苦地说道：“其实，我一直都喜欢你。可是，我不能和你在一起。”

我又惊又喜，立马反问道：“既然我们彼此喜欢，你为什么不能和我在一起呢？你在担心什么呢？”

你又沉默了，只低头回了句：“我是单亲家庭长大的孩子，从小便没了母亲，我怕我不懂如何照顾你、疼惜你，我怕我会让你受委屈。其实，我真的很自卑，觉得自己根本不会去爱上别人。”

听你说完这段话后，我知道我们都坦诚了，也都喜欢着彼此。月光下，我分明看到了你的表情中略带悲伤。后来，我竟头脑一热，一把抱住了你。

我不知道你究竟有多么震惊、多么犹豫。或许，你从来都没有被一个女生这样抱过。良久，你才伸出了双手，将我紧紧地搂住了。那晚，我们抱得那么紧，仿佛是两颗孤独的灵魂终于寻到了彼此的港湾。

那年，我大二，你大三。我们一无所有，只有一颗爱彼此的赤诚之心。

后来，我们低调却奢华地恋爱了。还记得，无数个晚上，我们都在之前相遇的205教室一起自习；无数个周末，我们一起去参加城市读书沙龙。

整整一年，我全心全意地爱你，你无怨无悔地为我付出。我们彼此鼓励、互相监督。我们之间，俨然成了学霸之间的爱情。

你拿了奖学金后，会带我去吃我最爱的香辣虾；我拿了奖学金，会买两张火车票，带你来场说走就走的旅行。有时，你也被我弄得哭笑不得，一边骂我任性，一边又会逃课和我去旅游。我知道，我们都爱旅行，可你拿的奖学金还要存起来作为下学期的生活费。所以，我只有这样“任性”，才能替你省下生活费。

在爱情中，从来就没有谁该多付出，谁该少付出。有的，只是你愿意，我甘心。

3

我一直以为，我们可以永远这样快乐地走完大学阶段，然后一起努力买房、结婚、生子。可是人啊，永远都不知道下一秒会发生什么。

后来，我大三，你大四。你在忙着毕业设计，我却在忙着去澳洲当交换生的事情。全系唯一的名额，大四一年，公费去澳大利亚。

还记得，那段时间，我忙着考雅思、忙着递各种材料，对你慢慢疏忽了。幸好，你也因毕业设计忙得焦头烂额。我们见面的次数越来越少，可我们却能更加体谅彼此，更加珍惜在一起的时间。

每次，你问我在忙什么，我都瞒着你，说老师让我负责一个项目，你也就没有多问。反而抱住我，亲吻着我，给我莫大的鼓励。

我本想，这个名额本来就很难申请，只是尝试一下。失败了，我就当积累经验。如果拿到了，到时再决定去不去。可后来，我真的拿到了。

那天中午，我和你一起吃饭。突然，手机来了一条短信，让我去学校天桥底下取快递。后来，你陪我一起去了。拿到 EMS 后，你就问了句是什么。我知道瞒不住了，便诚实地说了：是去澳大利亚当交换生的 offer（录取通知书），要去一年的时间。

你沉默了几秒钟，竟然说道："好啊，这么好的名额被你拿到了，真的很棒。你什么时候走？到时候我去送你。"

我沉默了，只是紧紧地握着你的手。你还是和以前一样，看出了我的心思，继续说道："丫头，别担心，我在国内等你。谁说异国恋就会分手？只要你心里有我，我就会穿过赤道去爱你。只要你还回来，我就会等你。"

那天，我依偎在你的身边，听你说完这番话后，眼窝一热。

暑假，你顺利工作了，从最底层的工作做起。你说："刚出来，一定得沉下心来，好好积淀，从基层做起，成长自己。等你回来，我就有钱天天带你去吃香辣虾了。"

八月底，听那边的学姐说澳大利亚的樱桃熟了，可以提前去摘樱桃了。于是，我买了一张机票，提前飞去澳大利亚了。那天，你请假，送我去虹桥机场，把我送走了。

到了澳大利亚后，我体验着与国内完全不同的季节和事物，一切都很新奇，可唯一遗憾的是，这一切的新奇，你都不能与我共同经历。

刚到澳大利亚，我的口语并没那么好，总是手忙脚乱。我有时面对繁重的课业也会急得直哭，而你却跨过时差，耐心地安慰着我、鼓励着我。虽然，我们在不同的半球，隔着赤道、隔着时差，但这并不影响我爱你，也不影响你爱我。

我们的联系虽然没那么多，但我知道，我们都在努力、都在奋斗。即使隔着冰冷的屏幕，我依然能感受到你爱我的那颗热心。

那一年，我很开心，但也很辛苦，我每天都会在微信上与你分享我所经历的喜乐哀愁。而你，每次听我分享完后，都说你一切安好，然后督促我早点睡觉。

那一年，澳大利亚的空气很好，风景很美，可唯一的缺憾就是你不在我的身边。幸好，我们的异国恋，只有一年；幸好，我们都熬过来了。

那一年，最心酸的便是圣诞，我在澳大利亚，和同学们喝着冰啤酒，而你却在国内，一个人在出租屋里吃了碗蛋炒饭。那晚，我们隔着屏幕，宣泄着无尽的思念，哭得撕心裂肺。

2015 年，我结束了澳大利亚的交换生学习，回国了。你还如当初送我走时那样，早早地就在虹桥机场等着我了。那天，你穿了一件蓝色的衬衫，而我，直到见你时还穿着厚厚的风衣。

你远远地就看到了我，冲我笑了，并迎上来，接过我手中的行李箱。那天，我没有回学校，也没有立即回家，而是去了你那。那晚，你带我去吃香辣虾了。

4

六月，我忙着毕业。论文、答辩、毕业照、散伙饭，一波接着一波，忙了整整半个月。毕业后，在老师的推荐下，我顺利应聘上了上海的一家外企，工资很高，可是也很累。

没想到，熬过了异国，我们又面临着异地。你在我们读书的城市工作，而我却去了上海。在工作和生存的压力面前，我们最终还是理性地选择了异地。

我毕业后去了上海，熬过了实习期，拿到了过万的月薪，可我不敢乱花钱。看着身边的同事买的包包是香奈儿的，我也想要，但最终还是买了一个 500 块钱的包。因为，我知道，我要和你一起存钱买房子。

你毕业后，一直留在我们读书的城市，一个二线城市，工资不高，房价却很高，你一个月的工资都不够买一平米的房子。但我知道，你还是在努力，一直都没放弃。

这期间，我无数次想让你来上海，可你都不愿意，你说大城市很好，但我们却买不起房子。如果你随我去了上海，我们最后都会想在上海扎根，可那样我会很累很累。你不想我们一辈子都被房子困住。你也曾无数次让我回去，可我也不愿割舍掉上海的高薪工作。

慢慢地，我们争吵的次数越来越多。为了避免与你争吵，我选择了加班、加班，用忙碌去逃避你。上班的时间越来越长，拿到的月薪也越来越高。可每当我高兴地与你分享我的月薪时，你都很淡漠，只是简单地说了一句：“哦！丫头好棒。”

可我知道，工资越来越高，我们心的距离却越来越远。我不知道为什么，你渐渐地开始逃避我了，也不及时回复我了。无数次，我很想和你分享我身边发生的趣事，可每次，你冷漠的态度都让我如鲠在喉，不知如何说起，除了心酸，我找不到第二个词来形容那种感觉。

一个月、两个月、三个月……我们之间，好像已经很久没有那样亲密无间了。每次，你都让我感受到一种深深的无力感。昨天，5 月 20 日，我又像当初大学时一样，很任性地请了假，买了一张车票，去了你在的城市。

你像以前一样，带我去吃了我最爱的香辣虾。可谁曾想到，我再也没有机会和你一起去吃香辣虾了。

饭后，你带我去了一家酒吧，我们都点了最烈的鸡尾酒。本以为，在酒精的催化下，我们能敞开心扉，坦诚交流。

可你却借着酒精，说了一句那么残忍的话：“丫头，我们分开吧。”

我想，我更成熟了，在面对失去你的事实下，我没有在你面前流泪，我把剩余的酒一饮而尽：“你喜欢上别人了吗？为什么要放开我？”

在昏暗的灯光下，你看着台上的主唱，淡淡地说了句：“丫头，你很优秀，我已经配不上你了。”

此时，歌手自弹自唱了一首深情的*Waiting for You*。或许，是音乐太煽情了，我最终还是哭得一塌糊涂。

我还记得，我们曾经那么相爱、那样亲密无间。我们爱谈文学，我们爱旅游，我们有那么多的共同话题。我们熬过了一年的异国，也熬过了快一年的异地，可我不曾想过，我们却败给了彼此的差距。

你说，我越来越优秀，你接受不了我们之间的差距。你说，你看着我的工资比你的工资越来越高，你已经愈发觉得自卑了。

我说，你在我心中，一直那么努力、那么优秀啊。我努力加班、挣更多的钱，就是为了存钱，我们一起买房子。

可是，你最终还是放开了我。没想到后来，爱你，竟成了一件心酸的事。

（空白中的独舞：一个毕业于中文系的姑娘。温柔又理性，励志又深情。微信公众号：空白中的独舞 Kbzddw2016）

你大我五岁，我爱你五年

_文·空白中的独舞

1

很多人闯进我们的生命，只是为了给我们上一课，然后转身离开。纵然如此，我还是感恩他们的到来。恰如，那个大我五岁，我却爱了五年的大叔。

那年，槐花开满枝头的时候，我在辅导班恶补高中数学。什么交集并集、什么方程函数，于我而言，真的是无感至极，因此我对这个补习数学的辅导老师也有点讨厌。我只觉得他不苟言笑，满脸的抑郁，还那么清高，难道还真的以为自己是“忧郁王子”吗？明明就是大叔。

虽然我不喜欢这个大叔老师，但交了钱，好歹要学点东西回去。没过几天，我就直接找了辅导班的校长开始投诉：“校长，数学老师讲的课我听不懂，我基础比较差。您看，我交了钱，但感觉学不到东西。”

后来，在与校长的谈判下，我得到一个特权：每天下课后留下，让数学老师单独给我再辅导，直到我能跟上节奏。

还记得，那是一个夕阳西下的傍晚，在一个小教室里，大叔就坐在我旁边，给我讲解着每道题，那么温柔、那么亲切。可能，因为每天下午的单独辅导，我慢慢改变了对大叔的看法。

慢慢地，在大叔给我讲解完题目后，我会和大叔寒暄几句。大叔也会在我临走前叮嘱我骑车要注意安全。可能，在我的家庭教育里，不曾有过这么温情的叮嘱，我竟会在路上不断地想起大叔的叮嘱，感觉甚是开心。结果，那天下午，在回去的路上，我骑车撞了人。

第二天，我按照旧例留下来补习。可是这天，我没有任何不懂的知识点。而是和大叔天南海北地聊了起来，从昨天下午骑车把人撞了谈起。

那天，我知道了大叔原来也只是个学生而已，在一所

211高校读研。原来，大叔曾经还是个牛人，高中时学文科，高考数学考了当年全省第一名。原来，大叔对数学有着极度的狂爱，大学时，被调剂到哲学专业，四年后，为了学习数学，跨专业考了金融学的研究生。原来，大叔不仅数学好，英语也是超级棒，高中时每次英语考试成绩都没低过130分。原来，大叔也不过比我大五岁而已。

可能，每个女孩都有一种“英雄情结”。恰如张爱玲说的：“女人对于男人的爱，总得带点崇拜性。”

对于当年挣扎在数学和英语的苦海中不能自拔的我而言，大叔简直就是男神级别的人物。自那以后，大叔便成了我心目中的男神，一住，便是五年。

一个月的辅导班生活，短暂而快乐。

每天上午，补习英语，我便会早一点来到学校，找大叔探讨语法、作文。

每天下午，跟着大叔补习完数学后，照旧留下来“开小灶”。每次，我把不懂的题目问完后，就会缠着大叔问长问短。谈自己的学习现状，聊自己心目中的大学。

那年，自卑的我，对于大学、对于未来，一直不敢幻想，只觉得遥不可及。可看着自己的男神就在身边，还在鼓励自己考大学，一颗叫作梦想的种子在心底生根发芽了。

与大叔告别后，每到夕阳拉长了身影的时候，我就会想起那些与大叔一起聊大学模样、聊未来生活、聊梦想、聊人生的时光。

那年，没有去过大城市、没有见过大学、没有接触过大学生的我，卑微而平凡着。可命运往往会在不经意间为我们投来一束叫“梦想”的光。从此，大叔和梦想便一同深深地植根于我的心底，纯粹而美好。我的整个少女时代，写满了大叔和梦想的故事。

此后，在高中剩下的两年时光中，我以梦为马，不断鞭策自己。哪怕我不喜欢数学，我也会逼着自己去学，因为大叔的数学很好。哪怕我的英语总是考不好，我还是不会放弃，因为大叔曾告诉我，英语很重要，一定要学好。后来，我数学考过满分，英语也考过全班最高分。再后来，我从班上的二十多名进到班上的前几名，甚至在高三的一年里，不论月考还是模拟考，我一直蝉联班级第一。因为，我只是想要考到大叔所在的学校，只是希望自己足够优秀，能与他相配。

生活好像总是不会按照人设想的模式来前进，常常在最得意的时候给人狠狠的一击。

三年的努力拼搏、三年的夜以继日、三年的坚持不懈，虽然最后的高考中我仍然是班级第一，但我的分数还是无法进入大叔的学校。我深刻地明白了，学校、基础、资源的极大差距。于是，我毫不犹豫地选择了复读，去了我们当地最好的高中复读。

在复读的一年里，我一如既往地努力。在复读班里，面对众多佼佼者，最后的每次模拟考中还是考到了第一名。然而，命运总是爱开玩笑。在高考前的一段时间里，因用脑过度，我整天晕晕乎乎的。高考那两天，我除了考试，就是打点滴，晕晕乎乎地考完了，也宣告了一年的时光并未发挥最大的价值。

后来，我还是没能进入大叔所在的学校，但我来到了大叔所在的城市。

2

他们说，因为一个人，爱上一座城。而我，却是因为爱上一个人，选择了一座城。高中时代，那些心底的情愫是那样纯粹而美好，喜欢一个人，可以不因为外貌、不因为家庭、不因为距离。或许，只是因为崇拜。

我跨过了两座城的距离，带着那年最为纯粹的情愫，跋山涉水，寻爱而来，只是为了不辜负自己的第一次心动。

这一路，我曾怀疑过、叹息过，我也曾走走停停、期期盼盼，更曾患得患失、寻寻觅觅。有人说：暗恋，是一个人的兵荒马乱。我想，只有真的经历过那种刻骨的暗恋后方可领略其中的心酸无奈。他在前方淡然自若，我却在后方烧成了一片。

我鼓起所有的勇气，让这份暗恋变成了明恋。

那天，我说：我喜欢上了一个人，而且是一个你认识的人。

你猜了好几个人，都被我否决了。你最后说：不管是谁，只要不是我就好。

我说：为什么不是你就好？

你说：因为我们相差太大了，我比你大五岁。你现在才大一，而我即将毕业了，马上面临着工作和结婚。我可能在未来的三年里就要结婚，你到时能和我结婚吗？

我说：我没毕业怎么结婚啊？你为什么要在三年里结婚，不能迟点吗？

你说：我读研出来，再过三年，我都快三十了，应该结婚了。

那晚，我沉默了很久，最后，我发了一条短信给你：“我喜欢你，一直喜欢的就是你，为你，我写了千千万万的文字；我的梦想中是你，日记中也是你，一直都是你。”

之后，我们许久不曾联系。我也深深叹息，五年的时光，相隔一千八百个日子。我该如何去缩减这无法改变的事实。一度，你活在了我的文字中。

直到那天下午，你发信息给我，说一起看个电影。

我说好。我如期而至，还记得，那是我第一次在电影院看电影，也是第一次和一个男生一起看电影。那天晚上，天很冷。你穿着一件灰色的风衣，那是相隔三年后的第一次见面。还记得，我说你穿风衣忘了搭配一条围巾。

你说，没有围巾，一直也没买到喜欢的围巾。

我说，你告诉我你喜欢的样式，我给你织一条。

那天，下着大雪。我坐着公交，来到你的学校。手中握着为你织的围巾，觉得那么温暖，那么开心。那晚，你请我吃饭，带我逛你走过的校园。我像个孩子一样，一边滚着雪球，一边问东问西。

本以为，我静默的喜欢你会懂；本以为，你不会因为五年的时光而拒绝那个深爱着你的姑娘。可是，这些都是我以为，你还是那么残忍地拒绝了。

我问你为什么不愿意接受我。

你说我还太小，很多事情不懂。你说我是个善良的好姑娘，你不想伤害我。你还说：要不我们以五年为期，若到时我未娶，你还是如现在这般喜欢我，那到时我们就在一起。

我说好，我会一直喜欢你的。从此，我守着这个约定，更加努力了，让自己越来越优秀，希望能变成你喜欢的样子，到时能与你相配。

可是那天，你却告诉我，你有女朋友了。

我假装镇定地问道：那个姐姐是你们学校的吗？

你说不是，只是当初实习的时候认识的，她也刚大专毕业。

我曾那么努力，只是为了让自己足够优秀，能与你相配。可你却告诉我，爱情与优秀无关，婚姻更是看彼此是否适合。

我不知道自己是怎样接受那样一个事实的。我只知道，那天晚上，我一个人在操场跑了一万米，历时 66 分钟。第二天，我沉默了，继续努力着、奋斗着、过活着。

从此，我让自己断了与你的联系。从此，我不再打扰你，不再联系你。我在心里，与你彻底分手了。大学的几年时光里，我将你写在了我的诗里，让你存在于我的笔下。我依然坚持学习英语，曾疯狂地练习口语，最长的一天练了十个小时，到了今天，我也能交流无障碍了。我想，虽然我没有考到你在的大学，但我却不曾遗忘过梦想，不曾放弃过努力。

3

前阵子，你突然发信息问我的近况。我抑制住心中的所有情绪，淡淡地答了句一切安好。我说你呢?

你说你去年就已经结婚了，今年五月份孩子出生了。

本以为，曾经那份一个人的“兵荒马乱”早已放下了，可如今听到你的信息，还是慌乱了我的年华，我的心还是止不住疼痛起来。你与我的梦想一起生根，我的梦想还在路上，可你，却早已只是个过客。

你大我五岁，我爱你五年。纵然，我不曾与你有过任何的亲密接触，但那份纯粹的爱却和我的梦想一起融化在血液中了。

谢谢你，曾在我最卑微的时候，给我播下了一颗叫作梦想的种子。今生，我们无分，那就各安天涯、彼此祝福吧。

（空白中的独舞：一个毕业于中文系的姑娘。温柔又理性，励志又深情。微信公众号：空白中的独舞 Kbzddw2016）

哪有这么多重聚，错过就是一辈子

_ 文 · 沈万九

1

记得念大一的时候，我曾错过一个姑娘。

要说她长得跟小龙女一样清新脱俗、冰肌玉骨，你一定不信吧，但多年之后的我，依旧是这样认为的。也不知道是因为漫长的岁月，把她给美化了；还是最开始的悸动，就是如此深刻。

记得我们是在图书馆认识的——当然，如果不知道一个人的名字，也算是认识的话。

那是一个夏天的傍晚，我在看书，窗外风云巨变，突然下起了大雨，很多人都陆续离开了。偌大的一楼，悄然间便

心动不是爱情，心定才是。

爱情这种东西，可遇而不可求，宁愿一个人寂寞地活，也绝不要两个人将就着过。■

剩下我们俩，面对面坐着，直到图书馆关门。

在接下来的一周，我们都非常有默契地，于傍晚时分，相聚于同一张书桌，同样是坐到闭馆。

每次我都跟自己说，要跟她说话，小纸条要给她，赶紧要电话号码吧……可我却一直没有勇气，每次都分开后，才咬牙切齿地发誓道，明天她要是还来，我一定会开口。

然而，第二天还是一样，偶有眼神触碰，却依旧相顾无言。直到第六天，她再也没来了，而且后来也没出现过，直到大学毕业，直到多年后的今天，直至接下来的似水流年……

著名的导演王家卫曾说过这么一句话："有时候遇到一个人，很有意思，很投缘，可是后来再也没有见过。"

其实，我一直对这句话不太理解。如今我总算明白了一些：

这世界哪有这么多的重聚，在那似水流年的生活中，很多人一旦错过，便是一辈子。

2

在影视剧里，经常会发生这样一个场景：两个带着主角光环的人，于人海茫茫中走失，擦肩，但总会在峰回路转后重聚，然后过上幸福的日子。比如说《北京遇上西雅图之不二情书》里的Daniel和姣爷，还有《转角遇到爱》里的俞心蕾和秦朗，最玄乎的要属《仙剑奇侠传》里的顾留芳跟紫萱，三世三生都能够恋在一起。

诚然，这样的爱情给人一种宿命论的唯美，带给人们美好的希望。但现实却未必如此，爱情往往像是两条直线，要么永远平行，无缘交集；要么交错过后，永远无法重聚……

2016年，有一部热门电影《大鱼海棠》，勾勒出了一幅美好的画面：每条大鱼，都会相遇；每个人，都会重聚。

整部电影观完后，是带有宿命色彩的生命轮回和饱含诗意的情感抒泄，如同宫崎骏的童话迎面而来一般。然而，哪怕是理想主义者如我，对这份重聚的念想和情愫，也是抱着莫大的怀疑。

我记得星爷（周星驰）在电影《国产凌凌漆》里有一句台词，看似无厘头的同时，亦藏着人生的哲理。

在电影的开头，一个姑娘向正在卖猪肉的凌凌漆要过夜费。凌凌漆说最近生意不好，所以给几块猪肉先顶住。

结果那姑娘娇叱一声，说：“你好样的，我们山水有相逢。”

这时，凌凌漆淡定地答道：“有兴趣的话，不如今晚再相逢。”

3

作家村上春树曾经说过：每个人都有属于自己的一片森林，迷失的人迷失了，相逢的人会再相逢。

这番颇有深意的话，似乎在告诉我们：错过的人们，终会因为某种原因，而再次相逢。

然而，只要你把前面的森林和迷失连在一起，就会发现，其实这里讲的更多的是：同一类的人会再次相逢，而非同一个人。

这也是著名的“吸引力法则”：人们总是会倾向于吸引到同样磁场的人。也难怪在《竹马翻译官》里，有这么一句话：“青梅枯萎，竹马老去，从此我爱上的每个人都像你。”

只不过，“人的一生中会遇到2920万人，两个人相爱的概率是多么的小。”凡尘俗世，相爱已如此艰难，更别说错过后的重聚了。

4

不管是大到恐怖危机，飞机失联，水灾泛滥，作奸犯科，还是小到交通肇事，电梯事故，走在大马路上头顶砸下来的异物……在这个永远分泌着荷尔蒙的世界里，总是交错着各式各样的偶然，而每一个偶然，都足以改变一个人的人生轨迹。

所以，我妈从小就教育我，过了这个村，就没有这个店。且行且珍惜吧，孩子！别到时，想吃这个馒头，也没有这个面。

退一万步来说，就算你们在“此去经年”后，依旧能于滚滚红尘中再次“执手相看泪眼”，但彼此之间，也早已不是当年的那个他或她了。

古希腊哲学家赫拉克利特就曾说过，人不能两次走进同一条河流。对此，南宋诗人陆游也一定是感同身受。

话说当年，陆老师娶了名门闺秀唐琬为妻，两人无比恩爱，幸福甜蜜，但却因婆媳矛盾，母亲棒打鸳鸯，以致夫妻劳燕分飞。

一晃多年过后，某个春日，陆游于偶然中，见到了正携夫游玩的唐琬，顿时感慨万分，留下了千古绝唱《钗头凤》：

东风恶，欢情薄。

一怀愁绪，几年离索。

错，错，错。

5

星爷曾在柴静的节目访谈中，谈过自己的爱情，言语间透着无限的唏嘘，感慨自己当年活成了“劳模”，没有去珍惜，珍惜那段真挚的摆在面前的爱情，如今再也没有机会了，正应了那句诗：“此情可待成追忆，只是当时已惘然。”

既然如此，重聚路好比西天取经般艰难，那为何我们不用尽一生运气，去珍惜身边的那个有缘人？

当然，所谓造化弄人，时势使然，有些人注定是要错过的，比如说《一代宗师》里的叶问和宫二；《泰坦尼克号》里的露丝和杰克……

“人生要是无悔，那该多无趣啊。”只是，一旦错过了，我们也不应该望穿秋水地盼着，盼着青山常在，绿水长流，有朝一日，于江湖中再相逢。

所谓“过往不恋，将来不负”，或许我们更应该做的是，踏踏实实地寻找新的归宿，不问风月地找寻心安之处。

（沈万九：简书签约作者，万九客栈掌柜。微信公众号：沈万九 shen-wanjiu）

最好的爱情，不过是懂得相互亏欠

_ 文 · 尹惟楚

1

去年我参加了一场婚礼。

新人是一对经历从高中到大学，再到毕业参加工作，拥有近十年时间跨度的爱情长跑者。

活动环节，司仪问新人：“对方曾经做过最让你感动的事情是什么？”

新郎转过头望了望旁边的新娘，饱含深情地一笑。

“高中时候，她成绩非常优秀，我则很一般。

“和她在一起后，我表面上是满不在乎，但在内心里其实有点自卑。特别是上了高三后，更多了一种彷徨与焦虑，因为以我当时的成绩，是绝对没有丝毫可能和她考上同一所大学的。

“她督促我学习，辅导我功课，本来高三时间就紧张，她还要抽时间为我补习，而且还不见什么效果，更加加深了我对学习的反感与焦虑。

“第二次模拟考试，我的成绩跌入了谷底。

“当晚我没有去上晚自习，而是关掉手机，找了一家网吧钻了进去。晚上八点多的时候，她出现在了我身后，把我从网吧带了出去，我像个犯错的孩子，跟在她后面一言不发。

“走到离学校不远的一个十字路口时，她忽然转过头，很认真地对我说：‘如果你还要继续这样下去，那我们就分手吧。’

“我没有说话，她顿了顿又接着说：‘但如果你现在开始努力，那无论最后考出怎样的结果，无论你考上什么样的学校，我都陪你。’

“十字街口，橘黄色的灯光笼罩着她的身体，清亮的眸子里写着笃定。

“尽管后来她抽出更多的时间帮我复习，但我还是没能考上理想的学校。最后我们商量，她上大学，而我则选择复读。

“可等到开学，当我走入班级的时候，赫然发现她满脸笑容地坐在教室里。

“一年的时间，对于那时候年轻的我们来说，或许不算什么。可这意味着要重新经历高三紧张的学习生活，再次面对千军万马过独木桥的未知风险。

“那一刻，我有些生气，但更多的是感动。也是那一刻，我决定，这辈子非她不娶。

“在她那里，是爱情，是自愿。可在我这里，是爱情，也是亏欠。”

2

新娘幸福洋溢的脸上泛起羞涩，但马上又陷入司仪与嘉宾的起哄声中。

“大四那年，他提前找好了工作实习，由于单位距离学校有点远，所以平时就只能住在公司安排的宿舍里，只有在双休的时候才回一趟学校。

“我们寝室四个人，两个人考研，另外一个人也已找好了工作，剩下我一个人一直没找到合适的公司，所以那段时间心情一直处于压抑状态。

“有次外出寻找工作未果，回去又和室友发生了点摩擦。

“我给他打电话，但无论他怎么安慰，在当时的我听来，都成了无关痛痒的场面话。在他劝我和室友好好相处的时候，我甚至歇斯底里地对他哭喊道，那你和她过日子去啊。

“最后他不分对错地反复道歉，我才慢慢平复下来，可又换了一种作的方式，坚持要吃步行街那边一家店的油焖龙虾。

“他最后被吵得烦了，说你是不是一定要这么作啊。

“我当时听了立马就蒙了，挂断电话，无论他怎么打都不接，后来干脆把声音调成静音，回寝室躲在被窝里流着眼泪，越想越伤心，越想越难过。当时甚至暗暗发誓，这一次，我们算是彻底完了。最后哭到疲惫就睡着了。

“后来我被室友叫醒，她说：‘你和你男朋友怎么回事啊？给你打电话也不接，都找到我这里来了，从图书馆回来一趟容易么我。’

“我还没来得及解释，她又说：‘你快下去吧，他在下面等你。’

“我急忙下床，走到阳台上往下一看，只见他杵在公寓旁的花坛边，手里握着一团围巾，不停地原地跺脚。

“那是长沙最冷的时候，学校路旁的树叶上都包裹着冰碴子，风一过就响得噼里啪啦。

“看到我的时候，他用力地向我挥了挥手。

“当时我除了感动，更多的是觉得不好意思，一觉醒来后才发现自己当时有多么的蛮横无理。

“我急忙跑了下去，看着他冻得通红的脸颊，我有些心痛，讪讪地说：‘你怎么还真来了呀。’

“他哆嗦了几下，说：‘我不来能行吗？’然后解开包裹在手上的围巾，里面是一个透明塑料包装盒。

“他把盒子递给我说：‘待会儿让宿管阿姨给你放微波炉里热一热。’

“从他公司到步行街，再从步行街到学校，至少要三个小时。而为了明天上班不迟到，待会儿他还必须得赶回去。

“还没等我说什么，事实上那时候我已经说不出什么话

了。他又轻轻地抱着我说：‘不要急，一切都会变好的。’

“我的眼泪唰地就流了出来。

“当时我就想：这辈子如果不嫁给他的话，那怎么对得起那盒冰冷的小龙虾。

“我又怎么可以辜负这个足够温暖我一辈子的拥抱。”

3

爱情在什么时候最容易？

自然是刚开始的时候。与君初恋，怦然心动。

那时候觉得对方的一颦一笑，动静两宜，哪里都好。两人的爱情就像刚出炉的米饭，怎么吃都觉得香甜可口。

可再香的米饭也经不住时间的搁置，再往后走，便犹如将爱情放入了岁月的容器里，慢慢酝酿。

无心的恋人，总把美好的结果看成理所当然，却在刚开始的时候便漏洞百出饱受风雨，最后酿成了酸腐的陈醋。

而登对的情侣，从一开始便懂得如何经营，有心的付出，都将成为往后平凡生活中最温暖的甜蜜与感动，更会变成彼此相爱持久的保证。

恒久的爱情，其实一点也不复杂。

美国著名现实主义作家欧·亨利，曾在《麦琪的礼物》中讲述了这样一个故事。

圣诞节前夜，一对贫穷的夫妇不约而同地为对方准备了一份神秘的惊喜，丈夫给妻子买了一个美丽的发梳，而妻子则为丈夫购置了一条他垂涎已久的白金表链。

但是最后当两人将之呈现于对方面前时，却发现彼此的礼物都成了一种多余。

丈夫卖掉了自己珍爱的祖传金表，而妻子则剪掉了自己引以为豪的秀发。

可是，这又有什么关系？两人都收获到了一份无法言喻的惊喜，更种下了一段根深蒂固的回忆。

尽管最后礼物变成了多余，但是关于对方那份无私付出的回忆，却会让彼此爱得更加深沉，亦足以让两人的感情在往后的漫长岁月里，平凡却不平淡。

4

厮磨耳鬓的情话谁都爱听，可人生哪来这么多浪漫的山盟海誓。誓言只是开始，可很多人却错误地将它看成了结果，当成了证明。

其实更多时候，任誓言万语，情话三千，都不及为对方系鞋带时候那一低头的温柔，亦比不上平凡生活里细微的付出与感动。

而我之所以努力，之所以想给予你更多，是因为我始终认为在我们的爱情里，我亏欠你很多。

而爱情里的亏欠，终究只能靠爱情去偿还。

或许，这就是美好爱情的终极奥义。

两人若是真心相爱，那么在彼此的记忆里，会无形中弱化自己的输出与奉献，但又会强化对方的付出与牺牲。

有人说，这世间所有的爱，都需懂得退让忍耐。可如果将之单独影射到爱情里，却显得有些狭隘。

美好的爱情，哪会让你感觉有一种无法忍受的痛苦，更多的是在相濡以沫的平凡生活里，变得心甘情愿。

世人都在问，什么是完美的爱情？

可谁又能诠释什么是完美？

或许，用不幸与幸福更为恰当。

不幸的爱情，各有各的不幸。而幸福的爱情却都是如此相似，那就是对你的亏欠，足够我想耗尽余生，慢慢偿还。

（尹惟楚：简书签约作者。深邃不乏幽默，理性不失温度。微信公众号：尹惟楚 yinweichu0707）

一个能够把性和爱分开的人，才是真的爱你

_文·沈万九

1

朋友，你一定认同这么一个观点吧：

女人习惯把性和爱连在一起，在把身体交出之前，先掏出心。

男人则是下半身动物，性和爱分开，可恣意任性，酒后乱爱，哪怕是初次见面。

其实，从基因学的角度，这一观点完全站得住脚跟：雄性的天性是把自己的基因遗传下去，看到任何优秀（比如颜值高、女性特征突出等）的异性，都期望产生一场延续基因的交往。

所幸，文明社会不允许恣意妄为。

所以弗洛伊德曾说过，文明压抑了我们的性欲。所谓的文明世界，其实到处游弋着内心和肉体肿胀的文明人。

在人的潜意识里，人的性欲一直是处于压抑的状况，社会的道德法制等文明的规则使人的本能欲望时刻处于理性的控制之中。

然而，对于欲望，人类除了被动地束缚于文明的枷锁，还有一种东西，能让我们心甘情愿地为之降服，那就是爱，真爱。

2

渡边淳一在复旦大学演讲时说过这么一句话，让我颇有感触。

当癌症患者在深夜开始发作时，我注意到当时唯一能够拯救病人的就是爱。

也即是说，爱本该独立存在，它既不是肾上腺激素，也并非荷尔蒙和多巴胺。它不需要跟性结合，却足以跨越空间，甚至生死。

在电影《星际穿越》里，宇航员们组团去茫茫宇宙，探寻适合人类生存的地方。

后来，他们找到了两个可能宜居的星球，但燃料仅够去其中一个，于是便开始投票。让人惊讶的是，由安妮·海瑟薇扮演的女宇航员居然建议去一个数据显示并没那么宜居的星球，因为她坚信有一种爱的力量在牵引着她。

爱不是人类发明的东西，它一直存在，而且很强大，是有意义的。也许意味着更多，更多我们还无法理解的，也许是某种证据，来自更高维度文明而且我们目前无法感知。我风尘仆仆穿越宇宙寻找一个消失了十年的人，我也知道，他可能已经死了。

……

爱是一种力量，能让我们超越时空的维度来感知它的存在。尽管我们还不能真正地理解它，能见到爱德蒙斯的机会再渺茫我也不放弃，这不意味着我错了。

虽然以上这番发自内心的动情演讲，最终没能说服其他组员，但后来事实表明，她的判断是正确的。

如上所述，那个愿意把性和爱分开，并非垂涎你可餐的秀色，而是发自内心地想跟你厮守终身的人，才是真正地爱你。毕竟，每个人都有年老色衰到失去性吸引力的时候。

3

在我的老家，有这么一对年轻夫妻。小两口很恩爱，同时也非常勤恳，男人包了个林场，女人则持家有道，家业很快就兴旺了起来。不到几年，就成了镇里数一数二的富裕人家。

不幸的是，女人一直无法怀孕，而且对性生活有一种天然的反感和抗拒。男人带她看了很多不同的医生，均无果而终。

后来，女人很内疚，提出了两个解决的办法：一是让男人跟她离婚，再娶其他人；二是男人去外面找个“小三”，生个儿子，抱回来养，甚至把“小三”接回家也行。

如你所知，在中国农村，“无后为大”的思想根深蒂固，所以男方一直承受着巨大的压力，女人则承受着各种的流言和指点，不堪重负。

无奈之下，男人决定，去外面“领养”一个孩子。

然而，正当他们要行动的时候，事情出现了转机。他们在电视里看到还有试管婴儿这一方法，于是决定尝试一下。

不管尝试的结果如何，我可以坚信的一点是，他们一定会克服困难，幸福地走下去。

如你所知，一个功能正常的有钱男人和没怎么读过书的农村老百姓，都能够真正把性和爱分开，违背几万年来积累的动物性，扎扎实实地风雨同舟，这才是真爱。

4

前不久，有一个读者跟我说，她跟男友马上大学毕业了，目前在忙着找工作，非常累。但更让她心累的是，男友最近总是想跟她发生关系。

对此，她曾以各种理由（刚好例假，肚子不舒服，面试完太累，等等）拒绝了。可没想到，男友前阵子却下了最后通牒：如果再这样下去，就要重新考虑两人的关系了。在一起这么久了，你也知道我是可以值得托付终身的人。

她知道男友的潜台词是分手。她很难过，但不知道该不该妥协。

我告诉她，把对你的爱建立在性的层面的男人，终将会因为失去了性而失去对你的爱。在这种事情上，时间是检验真爱的唯一标准。

虽说“饮食男女，人之大欲存焉”，但弗洛伊德也曾说过：

当我们毫无阻碍地便可获得性满足时，例如在古文明的衰落时期，爱便变得毫无价值，生命也呈现一片空虚。

而真正爱你的人，是不管你愿不愿意跟他偷尝禁果，无论你乐不乐意今夜宽衣解带，也会咬定青山不放松地跟你在一起……

当然，你一定会说，这是理想主义的爱情。是的，但这也是我们遇见了就值得一生守望的爱情。“因为所谓的爱，从来就不是互相凝视，而是注视同一个方向。”

（沈万九：简书签约作者，万九客栈掌柜。微信公众号：沈万九 shen-wanjiu）

有那么多“白富美”，却爱死了你这样的姑娘

_文 · 杨熹文

1

认识了一个公众号的编辑，我们平均每三个月才联络一次，多是有关授权的事宜，但每一次她都会留下一些充满正能量的话。

记得她在分享了我的一篇关于跑步的文章之后，和我说，“跑步真的特别特别棒，特别是大汗淋漓之后的畅快。平常在工作或者生活中我都是比较拘束的一个人，自从跑步之后整个人放松了很多，而且每天的状态都比之前嗨了很多。”我的微信上多是匆忙来又匆忙去的人，这样的停留总能让我感动。

之前写过一篇文章，名字叫《大学毕业后坚持学习有什么用》。她来索要授权，特地给我留言："看得我好感动，因为我现在就是一边上班一边准备去法国留学等事情，下班飞奔回去学语言。"听她说完后，顿时每个毛孔都沸腾起来，我的心里升起无数朵热烈的火焰。

此生若为男人，一定娶了这样的姑娘。

你问我为什么？ 二十几岁就懂得努力用心生活，奋力追求梦想的姑娘，此生怎不会注定波澜，惊喜连连？

2

二十三岁以前吊儿郎当地过了好一阵日子，二十三岁之后才进化成了个努力的姑娘。那感觉简直像是活了多年，终于穿对了鞋，可以大步流星地向前走，不必步步担忧，步步难挨。

我顺带着把身边的交际圈也精简再精简，只剩下了同样用功的人。

我们这群姑娘都有相似的地方，大部分背景平凡，没能成为锥子脸大长腿的白富美，也没能拥有天上掉馅儿饼砸到头顶的好运气，但我们却拥有值得骄傲的特点，并且努力又认真，有各自在乎的正经事，这些事让我们纷纷仰着小圆脸小方脸，在别人虚度时光的时候，晃着长短胖瘦的腿，一溜溜地跑到了梦想里。

前几天一个姑娘兴冲冲地告诉我："下个月我要去买房啦！"

记得当初她是最惨的那一个，睡过朋友家的沙发，过着缺失休息的日子，一度拿干巴巴的面包当晚餐并对我说这是减肥神器……远离家乡的苦她通通挨遍了。

我也记得她三点半起床去面包店打工，后来在代购路上匆匆忙忙，跟我说总有一天要成为背包客栈的老板娘。

如今终于走到了梦想的面前，原来时间并没有辜负谁。

又或许是，时间唯独不愿辜负这样的好姑娘。

3

在结识过的正能量姑娘中，有几个我特别地爱。

她们有努力的姿态，还有长存的幽默感，仿佛人生是一场游戏，总是得拼尽全力打怪升级，她们全身心投入，英勇作战，玩得津津有味。

有一个姑娘清醒独立，从不为别人的喜欢而做决定，毕业后开始了陆续的远行，后来一个人来新西兰，从北岛到南岛一路漂泊，从二十七岁漂成了三十岁。

尝试过数份工作与生活，品尝过坎坷与喜悦，依旧不为旁人的喜恶而折腰。

现在她住在南岛的小镇里，正在学做蛋糕，每天下班晒美食与美景，和我说三十岁之后会有更疯狂的决定，奔向热烈的生活，谁也拦不住她。

有一个姑娘专注生活，二十岁之后开始自己的修行，白天是普通的上班族，下班后却生活丰富未曾虚度，她学瑜伽练英文，周末去登山去远足去参加读书会，旁人说她总是走路匆忙，她却说这是充实你懂不懂，转身继续用十二分热情投入这样的生活，任旁人过唱歌划拳的夜晚，她用一杯红酒的时间去读半本书。

有一个姑娘认真拼命，认定只要坚持，无论在哪里都可以找到通向梦想的路。几年前她还是一个看起来平凡的姑娘，被旁人定义为只有野心没有成就的人，她却一路无所顾忌，踏实向前，再艰难的时候也昂首挺胸向前走，现在终于有了属于自己的咖啡馆，不大却温馨，恰好是一个梦想的模样。

青春期时看亦舒的小说，羡慕那里面个个姑娘都独立又认真地活，说着“人真的要自己争气。一做出成绩来，全世界和颜悦色”的话。

现在再回头看，这并非不是姑娘界的至真定律。

不仅世界和颜悦色，连爱情也变得可靠又美妙。

女人因努力而可爱，因独立而值得被爱。

努力的姑娘不仅在吸引着同行的伙伴，也总是在吸引着好男人。

4

我问过一个各方面都很优秀的男孩子：“听说你们都不喜欢努力上进的拼命女？”他说：“哪里听来的胡言乱语？好男人哪一个不爱努力向上的姑娘？一接近那样的女孩子就感受得到万种美好，若娶了她们就是敲定了下半生的快乐，谁不愿意和这样的人在一起？”深以为是。

如果来生为男儿，定与某个活得热烈的姑娘，共度沸腾的一生。

5

我有个非常善良可爱的朋友，那是一个曾经的小胖妞，肥胖在她的心上留下了自卑和敏感，却给了她上进的理由，现在经常能在网上看到她的晒照：健身房里的挥汗如雨，还有肚子上从无到有的马甲线。

我想起她曾经与我倾诉过自己的自卑，害怕就这样此生孤独，“真希望变成网红级别的白富美，找到一生相随的好男人。”

现在想起这话还想揍她一顿。

你这么好的姑娘怕什么？认真生活，努力进步，每个细胞都散发着正能量，抬头就能看见大片的希望走向你。

要相信这样的自己，总有一天会遇见一个人，他见过那么多的白富美，却死心塌地爱上你。他善良体贴，积极乐观，和你一样在为人生中大大小小的目标前进着，他会觉得你流汗的样子很性感，大步走的姿态很迷人，你每和他分享一次梦想，他就恨不得再爱你五百年。当然了，就算你最后没有和谁在一起，那也一定是因为你不需要，而不是因为自己不够好。

（杨熹文：网上人称老杨，常驻新西兰，从一无所有到有诗和远方。微信公众号：请尊重一个姑娘的努力 Neversaynever30）

爱是你懂得守护我的底线和原则

_文 · 有故事的蒋同学

“他和他的前女友联系了两次。

“第一次，那个女孩加他微信的时候，他没有拒绝，他接受了。我知道后哭了很久，我告诉他我的底线和原则就是这个，我希望他们下次不要再联系了。他跟我保证，不会有下次了。

“前两天我无意间看他的手机，发现那个女孩又加了他的微信，他拉着我说：‘相信我，我们真的没什么。’

“我说：‘其实你真的不用告诉我你们什么都没有，我在意的是她找你了，而你也搭理了。你做出回应了就是回应了，谁关心你们俩之间有没有什么。’

“有朋友告诉我，一次不忠百次不用，狗改不了吃屎。也有朋友告诉我，原谅他吧，事不过三，他会改的。”

“那你现在是怎么想的？”我问。

“我不知道我还能不能相信他，我累了，也怕了。”

“那他是怎么想的？”

“他跟我说他们之间真的没有什么，他说他以为这是一件小事，怕我多想才没告诉我。”

那些你以为的小事，足以让她为你掉好几天的眼泪了，那些你觉得没什么的事，你从没考虑过做了以后她有多难过。

感情本来就是两个人的事情，干干净净不掺杂任何其他的人和事，一旦有别人介入了，一切就都变味儿了。

我突然想到我的外公外婆。

外婆是个很奇怪的人，她从来不吃葱姜蒜，买菜的时候路过菜摊儿她都自动屏住呼吸，因为闻不得葱的味道。

外公是厨师，做得一手好菜，但唯独这些菜的配料里，永远没有葱姜蒜。

以前我问外公：“你是个大厨，为什么做饭却不用这三样最天然的调味品？”

外公总是眯着眼睛笑："因为你外婆不爱吃啊。"

可我分明记得外公说过，他年轻的时候吃煎饼离不开葱，吃饺子离不开蒜。可是几十年过去了，自从遇到了外婆，他什么都忍了，他什么都妥协了。

原来，理解和包容决定这个人是否会成为你理想中的另一半，而理解你多久，包容你多久，决定了你们俩的爱情可以走多远。

一直以来我都是个坚决不能被别人触碰底线的人。我所期待的感情绝对不能有任何污点，我要的感情干干净净，明明白白。

我有自己心中坚决不能触碰的底线和原则，你犯错一次我可以原谅，你犯错两次我也可以原谅，但我已经不敢给你第三次的机会了。

你可以说我倔，你可以说我犟，但如果你真的懂我爱我，就不会去触碰我的底线和原则。

爱是理解一件小事在对方心里的重要性。或许你觉得什么都不重要，你觉得什么事都很小，可我在心里已经为你一而再、再而三地降低底线，毁掉原则了，那些你以为的没什

人最珍贵的东西只有两样，未得到和已失去。

馨颜野生插画师学院 羽灿/绘

多年后，当你终于与一生所爱幸福相拥，你会发现，有的人只能暗恋，有的人只能怀念，而眼前人才能永远。

么，恰恰是我心里最最在意的一部分。

当你第一次看到我因为这件事为你掉眼泪的时候，你就应该清楚，这件事不能去做第二次。

爱是我不喜欢的事情你都不做，因为你知道，我会不高兴，我会很难过的。

你知道我有多在意多抵触，所以你愿意理解我体谅我。

越熟悉的人越知道刀子往哪捅最痛。

爱是你小心翼翼保护我一切弱点，爱是你绝不触碰我的底线和原则。

（有故事的蒋同学：传说中最会讲故事的女同学。微信公众号：有故事的蒋同学 meiya54264）

一辈子不长，谈三次恋爱就够了

_文·沈万九

1

最近，流行这么一种说法，说一个人活一辈子，谈三次恋爱就够了：

一次懵懂

一次深刻

一次一生

对此，我代表“离我而去的前女友和未来的全体家人”表示非常认同。须知道，我已经活到了足够大的年纪，懵懂的爱情早已经历，痛不欲生且垂泪到天明的感受也深有体会，接下来是期待一生一世的“爱相随”了。

一辈子不是很长，活着活着就老了。然而，在真正地变老变酸之前，还是尽可能地谈够三次恋爱吧。

一次是懵懂不知，如青苹果一般，涩中带甜。像是爱情，又仿佛只是彼此间的好感。时而不确定，时而又非常笃定，正如经典电影《怦然心动》里的朱莉和布莱斯，若有若无的情愫，美好而单纯。

一次是飞蛾扑火的深刻，如李清照般婉约的爱情，任由相思“才下眉头，却上心头”。分开时“执手相看泪眼，竟无语凝噎”，重逢时又“忍把千金酬一笑？毕竟相思，不似相逢好”。

一次是一生一世，“死生契阔，与子成悦。执子之手，与子偕老”，“你是风儿我是沙，缠缠绵绵绕天涯”。我能想到最浪漫的事，就是跟你一起慢慢变老。

……

正是因为懵懂，才知道爱有多美好；也只有经历过深刻、顿悟，甚至刻骨铭心，才知道爱有多让人心碎。

当我们体会了爱的美好和心碎之后，方能练就一双慧眼，于人海茫茫中，寻得那个值得生死相守、一生相随的爱人。

倘若颠倒了顺序，或是省略了某一次恋爱，都可能造成难以预料的结果。

2

我有个表哥，在一家知名的国企上班，年方而立，月薪两万多，住着一百五十多平方米的大房子，有一对可爱的双胞胎……

但前不久见面时，也不知道是不是喝多了，他跟我哭诉（当真是抱头痛哭的那种），现在的生活真是生不如死啊。

盖因他妈从小就管得严厉，让他没有太多的自由，更别说接触异性了。加上自己是个学霸，常年不问风月，只求学成，结果一直没有机会拍拖，直到大学毕业后，才认识了现在的老婆。

当时，我们觉得那个女的有诸多恶习——别说是结婚，连恋爱都不适合。比如说非常懒，而且还非常虚弱，外加有不小的大小姐脾气（家里的独生女），最重要的是非常胖，毫无“颜值”可言。

可我当年那个青涩懵懂且情窦初开的表哥，却一口咬定此女子就是他的真命天女，嚷着要结婚过一辈子，浑然不顾我们的建议和阻挠。

他妈一辈子朴实善良，去菜市场都没跟人吵过架的中国好妇女，居然都威胁道，要是敢娶此女子，就不让其进家门。可还是无济于事，反而加快了他们的结婚节奏。

结果，“闪婚”不到两个月，蜜月期都未过，小两口就因为各种事情吵闹不断，一直磨合到了三年后的现在。以后还有一辈子那么长，但愿他们吵着吵着就习惯了吧。

3

在小说《欢乐颂》里，五个女子的爱情观均不一致，比如说“曲妖精”出手抢别人男友毫不犹豫，却能够心安理得秀恩爱……但后来都算是修成正果，唯有“胡同公主”樊胜美例外。

盖因她把青梅竹马的王柏川当备胎，一心想找个有钱的老公，飞上枝头成凤凰，可结果呢？

她被那些有钱的老男人轻慢、冷落，被“富二代”拿出去当男人间消遣的对象，在深夜之中喝醉酒痛哭，悲伤于自己无助的命运，同时又不甘心于委身于一个普通人。

正是因为她对自己的爱情没有正确的定位，在经历过懵懂和深刻的伤痛后，依旧错过了本该值得一生托付的好男人。

对此，曲筱绡在剧情里有这么一句台词，似乎是对樊盛美最贴切的讽刺。在樊胜美跟一帮男人觥筹交错时，恰好被曲筱绡看到：

她以为她是这个桌上的主宾，其实她是这帮男人的主菜。

4

从进化论的角度去看，一个人恋爱三次，也是完全符合生物本性的。人终究是一种比较级的动物，“挑三拣四和朝秦暮楚”，从某种程度上来说，未必是缺点，而是天性，甚至可以说是人类繁衍生息的必要。

正是因为有比较，才知道哪个更优秀，继而把自己的优秀基因遗传下去。

众所周知，柏拉图有一个经典的麦田爱情理论。有一天，他问老师苏格拉底，什么是爱情？

老师让他去麦地里捡最大最金黄的麦穗，而且只能捡一次，不能回头。结果他两手空空地出来了，心情非常沮丧。

后来，有一天，他又去问老师，婚姻是什么？

老师让他去森林，砍最大最茂盛的树，结果他吸取了上次恋爱的教训，砍下了一棵不算太差也不是非常茂盛的树。如你所知，这棵树其实就是柏拉图值得一生去爱的人了。

5

畅销书《拆掉思维里的墙》的作者古典曾经说过：

你需要一见钟情很多人，两情相悦一些人，然后才白头偕老一个人。

也就是说，要想白头偕老一个人，一生一世一段情，前面起码得有两层以上的爱情修行才行。而依本人之拙见，最好的办法无非是经历一次懵懂和一次深刻。

其实，生物学研究表明，雄性本质上是一种喜新厌旧的动物，总是希望可以找到更多的雌性，将自己的优秀基因遗传下去。也就是说，采用的是“多尝试、群撒网”的遗传政策——当然，道德文明暂时不在此讨论范畴。

所以从某种角度去说，一个真正的男子，要想真正地安定下来，要不是没有能力造次，就是曾经有过故事。倘若真心要他死心塌地，最好的办法还是经过一次懵懂和一次深刻的爱情：

曾经沧海难为水，除却巫山不是云。取次花丛懒回顾，半缘修道半缘君。

当然，话说回来，如果你能够真正确定，身边的那一位就是你的 Mr./Mrs. Right，在他 / 她一个人的身上，也能够感受到懵懂、深刻甚至一生，而且对方也是这样想的，那么一定得恭喜你，好好珍惜吧。

倘若不是，那还是老老实实地谈够三次恋爱，修够爱情积分吧，须知成功没有捷径，爱情也不应该有侥幸。

（沈万九：简书签约作者，万九客栈掌柜。微信公众号：沈万九 shen-wanjiu）

唯独爱情，我不想将就

_文 · 有故事的蒋同学

1

单身久了是什么感觉？

偶尔羡慕情侣，偶尔庆幸自由。有时间秒回信息，却没有可以秒回的人。再晚也没人送你回家，你自己都心疼自己太过坚强的样子。洗了头、化了妆却不知道该给谁看。看到别人出双入对，总感觉自己再也遇不到合适的人。

“那你为什么还不找个另一半啊？”

“找不到啊！”

好像生活中百分之九十的人都会这么回答。

遇到一个可以在一起谈恋爱的人怎么就那么难呢？一天 24 小时，一年 365 天，我们真的没有遇到过一个心动的人吗？哪怕是一秒钟的心动。只是我们越长大越成熟，然后才明白：心动不是爱情，心定才是。

2

我和花花高中的时候就认识了，这么多年过去了，我见证她每一段恋情的起起落落。她是我心中风一样的奇女子，她的恋情我的手指头加上脚趾头都数不过来。她跟我说过：“没有爱情的日子我不要。”

我看到她谈每一场轰轰烈烈又认真走心的恋爱，我看到她每次和错的人挥手分别，洒脱随意又干净彻底，我看到她坚持着“旧的不去新的不来”的原则一直在爱情的道路上兜兜转转，但我从来没看到过她为了谁想要安定下来。

前几天我打电话祝她生日快乐，然后又聊了会儿天。

我问她：“你最近谈恋爱了没？”

她说：“老娘已经单身一年多了！”

我开玩笑道：“怎么，我们的情圣看破红尘了？”

“曾经我也觉得自己是个没有爱情会活不下去的人，我总觉得一辈子太短了，我一定要轰轰烈烈地爱一场。后来我才发现我不过是受不了孤单，需要身边有个人陪着，后来就习惯身边有人陪着，如果这个人陪不下去了，那我就换下一个。我以为自己这样对得起爱情，对得起生活，其实我只是一直在将就着过，时间久了我发现自己已经不知道真心喜欢一个人是什么感觉了。”

3

“如果世界上曾经有那个人出现过，其他人都会变成将就，而我不愿意将就。”

不会拒绝每一个对你有好感的人，分不清是喜欢还是欲望，你觉得这个人也还可以，那就试试看吧，在一起凑合凑合。

而将就着恋爱带来的后果，你想都没想过。

再也没有了那种细腻到骨子里的开心或难过，没有了那种喜欢到不行的感觉。

后来无论遇到谁你都觉得，分开或在一起好像都显得不那么重要。

在爱情这条单行道上，我只想和一个人一条路走到黑，而这个人一定是我生命中的意外，打破我所有原则。

爱情这种东西，可遇而不可求，宁愿一个人寂寞地活，也绝不要两个人将就着过。

4

真心喜欢一个人是什么感觉啊？

比如我有十块钱却想给他花九块，比如我不会下厨却想为他做一道他爱的可乐鸡翅，比如我看到一件好看的衬衫就脑补出他穿上以后的样子，比如我在心里想要和他过完这辈子还想提前预约他的下辈子。

所以，你现在遇到这个人了吗？如果没有，那就给自己多一点时间努力，或许我们可以先拥有面包，再去寻找爱情。

在遇到那个踩着七彩祥云来接你的梦中情人之前，生病了就自己吃药，累了就洗澡睡觉。

总有一些时间是需要我们一个人度过的。在遇到你心仪的梦中情人以前千万不要将就，最好的总是出现在你最不经意的时候。

5

不将就是我对爱情本着认真负责的态度，不将就是我期待遇见最好的那个人牵手，不将就是我不愿意牺牲浪费自己的感情，不将就是我想把积攒了那么多年的温柔都给你，不将就是想被你爱着并只被你爱着，不将就是我至今还单着的理由。

因为你还没出现，所以我宁愿等，也不愿意和别人在一起试试看。

我可以在出门的时候将就着穿一双和衣服不太搭调的鞋，也可以在最饿的时候将就着吃一袋平时觉得讨厌的泡面，唯独爱情，我不想将就。

（有故事的蒋同学：传说中最会讲故事的女同学。微信公众号：有故事的蒋同学 meiya54264）

找个有格局的人，谈一场有格局的恋爱

_文·尹惟楚

昨晚和几个友人在群里聊天，曦曦突然说了一句话，“我失恋了。”

大家不约而同地保持了沉默，也没有表示太多惊讶。倒不是有意排挤，而是已经习以为常，甚至趋于麻木。

曦曦的情感史可谓狗血，从大学到现在，三段感情无一例外都以被甩告终，她本人更是被大家扣上了一个“渣男收割机”的外号。倒不是说她生活作风有问题，相反，每一段感情里她比谁都认真，比谁都愿意为对方付出，始终都处于低位，但最终又是那个被抛弃的一方。

有关系好的朋友，百般相劝。但她仍是不为所动，像被下蛊了般一找一个准，一个比一个渣。

最后谈的那个男友阿翔，一份工作从未坚持过三个月，说好听点是工作与专业不对口，但其实就是好吃懒做，眼高手低。裤兜永远比脸干净，两个人出门逛街、吃饭，最好的情况是 AA 制，其实大部分时候都是曦曦埋单。

他的手机上最多的便是各类社交软件，有好几次和网友言语暧昧被曦曦抓住现行，但他不但矢口否认，反而说她小题大做。

但与她之前的那些男友一样，阿翔也有一张花言巧语的嘴，而她又偏偏爱吃这一套。饶是如此，最后曦曦还是被他劈腿。

基于曦曦屡次在这种男人身上摔跤的事实，大家背地里给她进行分析，得出一致结论。

首先，这是人的一种逆反心理，越是得不到的人，吸引力越大；越是摔倒过的爱情，越想去跨。所以恋爱谈了无数场，但给人的感觉就是在和一个人谈恋爱。

其次，就是她在面对别人追求的时候，缺乏较好的甄别能力，而造成这种状况的主要原因便是她狭隘的眼界。通俗点讲就是没有遇到过一个足够优秀的男生，所以在异性的甄选上就显得有些短视与随意。

有人说，爱情就是一场修行。可有些人经历一两场就修成了正果，而有些人却是屡战屡败，又屡败屡战，最终只能愤世嫉俗。

比较两者，其实很简单，因为后者始终没遇到一个有格局的人，自然也缺乏一场有格局的爱情。

怎样才算是有格局的爱情？

在我看来，格局就是指一个人对待事物的认知程度，包括眼界、胸襟、担当、深度、价值观。而有格局的爱情，是指两人独立而不依附，不会狭隘地视彼此为生命里的全部，拥有积极向上的爱情观，对异性亦保持有较好的鉴赏水平。

与优秀的人在一起，即便无法直接提升一个人的价值，但至少可以升华他的个人价值观。

而谈一场有格局的恋爱，不但可以让一个人在以后的情感选择中有一个良好的惯性参照，更是能够提升一个人对爱情的认知，拥有更加广阔的心理边界。

曾经有个女同事，与男友从大学时代一路走到参加工作，正当两人准备谈婚论嫁的时候，男友突然移情别恋。事情发生后，女生天天以泪洗面，仿佛一瞬间被抽空了生活的热情，工作的时候也是恍恍惚惚，一听到任何关于情感的事情就欲语泪先流。

后来，偶然遇到了现任男友，慢慢接触下来发现，无论是现有的经济条件，还是未来的人生规划，无论是于公的为人处世，还是于私的知冷知热，横向比较也好，纵向比较也罢，都比前男友出色太多。最后当男生向她表白的时候，她自然是毫不犹豫地与他走到了一起。

当旁人再向她提起前男友时，此时的她早已云淡风轻，不但大方地和人谈论，更是为当时要死要活的自己大感不值，并打趣说结婚的时候要给他请柬，感谢他当年的不娶之恩。

生活中普遍存在这样一种现象，很多人在对待前任这件事情的时候，都会有一个疑惑：当初自己怎么会看上他呀?

其实，之所以会有这样的疑惑与感慨，原因很简单，就是因为此时自身的格局变大，眼界也宽广了起来。仔细观察更会发现，这样的人，要么此时正进行着一段高质量的爱情，要么是已经历过一场高质量的爱情。

爱情里的马太效应告诉我们，如果没有被爱包围，至少要模拟被包围的那种状态，把心态放松，随时处于接收的状态，像一台不断调试的收音机，爱情就比较容易到来。

其实也可以这样理解：当一个人拥有过一场有格局的爱情，爱情的眼界越高，独立意识越强，就越容易获得高质量异性的青睐。而那些仿佛没有爱情就无法生活，失去爱情便要死要活的人，对异性的吸引力越小，被欺骗玩弄的可能性也越大。

很多人在情场里摸爬滚打，阅人无数，但除了身心俱疲，一无所获。什么才是增加你幸福爱情的筹码？

数量不是，质量才是。

无论你曾经经历过多少次爱情，都不重要。重要的是努力完善自我，去遇见一个有格局的人，谈一场有格局的恋爱。

（尹惟楚：简书签约作者。深邃不乏幽默，理性不失温度。微信公众号：尹惟楚 yinweichu0707）

有的人只能暗恋，有的人只能怀念

_文·顾一宸

1

你曾经暗恋过一个女孩。

可能是在中学时期，也可能是在大学时，还有可能是在工作以后。

你真的是很喜欢很喜欢她。可是，你不敢对她说。

你自卑。哪怕你其实还不错，挺优秀，但她像个小太阳一样，散发着耀眼的光，这光芒让你迷恋，也让你委顿成微渺的尘埃。

你幻想过和她搭讪，聊天，恋爱，结婚，生子。在臆想里，你们有幸福而甜美的一生。只是这个童话，你没有勇敢地为它书写一个开头。

你的视线黏在了她身上。

上课时你偷偷看她的侧脸，专注的神情可爱极了。走廊里你远远跟在她身后，她的秀发被微风吹拂，撩拨着你的心弦。晚自习时你没法静下心来做题，她蹙眉思考问题的样子远比书本更有吸引力。

你留意她的举动，关心她的细节。

她接水只接半杯，喝水时柔软的嘴唇搭在杯沿，喝得缓慢而优雅，没有你喝水时的咕咚声。她坐着时喜欢揪头发，那一小撮头发被她在指尖绕来绕去，你很担心她把头发玩到扯掉。她后颈藏着一颗痣，那颗痣在头发和衣领的掩映下几不可见，你偶尔看到了，觉得这是只有你才能发现的秘密，开心地扯动嘴角。

你喜欢她的兴趣，追求她的理想。

听她闺蜜说她喜欢看动漫，你就找了《犬夜叉》《七龙珠》来看，哪怕你对动漫完全不懂，并不感冒。她喜欢内敛沉静的男生，你就按捺了话头，收起了活泼的锋芒。她一直想去大城市看看，你的志愿也选择了她想去的远方。

你暗恋她多年。直到岁月的河流把你们冲进不同的河道。直到她去了没有你的远方。

2

你不是没有机会表白。

事实上，很多次，气氛合适，机会恰当，走上前去，告诉她，你喜欢她，没那么难。

可你就是没有说出口。感情憋在心里，酝酿，发酵，变得醇厚，变得汹涌。

你痛恨过自己的怯懦，你后悔过自己的犹豫。

在那些睡眠被偷走的夜晚，辗转反侧间，你无数次想，如果当初勇敢一点，让她知道，你想对她好，追求她，结果是不是会不一样?

她成了你心里郁结的一个结，打不开，绕不过。

她是红玫瑰，是心口的一颗朱砂痣；也是白玫瑰，是床前明月光。

3

你以为暗恋的无疾而终是一生难愈的伤痛，直到你遇到初恋。

初恋是多么美好的女孩子，青春的活力和女性的光彩在她身上完美结合。

也许是一见钟情，也许是日久生情。也许是自然而然地在一起，也许你苦追很久才收获芳心。

这都不重要，重要的是你和她在一起了，你们度过了甜蜜的美好的初恋时光。

图书馆里，你们对坐看书，间或抬起头看向对方，阳光水银泻地一样流淌，给你们刻画了温暖的模样。

下雨天，你们共撑一把雨伞，雨丝湮灭了人潮和声浪，烟雨蒙蒙隔绝了视线，世界缩得很小，小到一把雨伞就装得下，小到容不下其他人，只有你和她。

你们有太多共同的记忆：一起轧过的马路，一起吃过的麻辣烫，一起缱绻过的夜晚，一起看过的星星和烟花，一起许下的心愿，一起吵过又和好的时光……

这些记忆历经时间的洗刷，依然有着温暖和光亮。哪怕隔了很久再回望，你还是会红了眼眶。

可惜，你们还是分手了。

也许是性格不合，也许是天各一方，也许是家庭压力，也许是厌倦疲惫。

什么原因分开已经无足紧要，真正在你心里硌得生疼的是结果：她还有很长的人生，可是你不能再陪她走下去了。

4

失恋后，你哀伤，你难过，你忧郁，你消沉。

你盯着天花板整宿整宿地睡不着觉。你走过那些你们一起走过的路，走着走着眼泪就掉了下来。相恋的片段在你脑海里显影，曾经那么温暖，现在这么悲伤，你诛心般疼痛。

你想过挽回，想过复合，想过重逢。

可是，人生就像旅途，你们共一段旅程，她中途下车，转乘了别的路线，你留在那个站点，只能看着你们渐行渐远。

一别两宽，各生欢喜。相濡以沫，不如相忘于江湖。话说得好听，可放下哪儿有那么容易？

别离后的日子里，她就像你心底的一个疤痕，碰着会痛，碰掉就血流不止。

时光持久而缓慢的抚摩，终于让这个疤痕淡去，轻浅成心室壁上美好的花纹，记录着一段情长的青春爱恋。

她的号码静静地躺在你的通讯录里，你永远不会删，却也永远不会打。

她的名字静静地藏在你心里，你永远不敢多去想起，却也永远不会忘记。

你不再耿耿于当初的对错，不再执着于曾经的爱恨。她远去的背影小成了天边的一个黑点。你只是会在不经意间想起，然后沉默着怀念。

5

暗恋的和初恋的女孩像花朵一样芬芳美丽，可惜，你只是途经了她们的盛放。

暗恋的女孩你不敢表白，求而不得。初恋的女孩你曾经拥有，却又失去。

有哲人说过：人最珍贵的东西只有两样，未得到和已失去。

她们的确珍贵，珍贵到时光再匆匆再悠远也抹不去她们在你心里的痕迹。

难以忘怀又怎样？扼腕痛惜又怎样？远去的她们自有她们的前方，而你也会有你的欢喜。

别再去想如果时光能重来，也别再去想如果将来能重逢。人生没有如果，结局早已写好，不会有什么不同。

暗恋的女孩教会你要勇敢追求所爱，初恋的女孩教会你要包容珍惜身边人。

多年后，当你终于与一生所爱幸福相拥，你会发现，有的人只能暗恋，有的人只能怀念，而眼前人才能永远。

（顾一宸：文艺暖男，专注于情感治愈和励志分享。微信公众号：顾一宸 guyichen6）

你敢一辈子只爱一个人吗?

_文·安梳颜

这个世界上最好的爱情是什么样?

以前我可能会说，白马王子翻山越岭历经沧桑只为吻醒公主，屠龙英雄脚踏七彩祥云只为拥抱深陷泥潭的灰姑娘。她们嘲笑我不现实。

后来我说，最好的爱情大概是年少轻狂的冲动少年，愿意为你变得稳重成熟、思考未来；浪迹天涯的花花公子，愿意为你安定下来，给你一个家；帅气多金爱玩浪漫的浪子，愿意陪你柴米油盐炉边起灶台。

其实，到如今我才明白：原来，最好的爱情是他看你一个人走过太多荆棘丛生沼泽泥潭，不忍心你一个人一直走下去，所以拼命努力，变成有资格和你并肩的人。

刘星是我的一个读者，在某一天凌晨时分给我讲了个故事。

大家都喜欢听比烈酒还烈的故事，可我却独爱他讲的这个，没有大风大雨人潮汹涌，只有琐碎生活里点点滴滴的温暖陪伴。

刘星高中的时候长得挺矮的，不过却是班上的大哥大，原因就是打架够拼命，对敌人狠，对自己更狠，每次都是杀敌一万，自损八千，和他打过一次架的人都再也不愿意惹上他了。

说是打架，可谁都不愿意和真拼命的人轰轰烈烈干一场，毕竟小命就一条，玩儿完了就没戏了。

在那个偏僻与世隔绝的山区小城里，刘星算得上是一霸。

刘星遇见小雅可能是命中注定吧。

刘星喜欢用命中注定这个词，就像他喜欢说，自己爱上小雅，后来一起走过的那些路都是命中注定。

刘星遇见小雅的那天，是一个闷热的夏日午后，太阳毒辣地要把操场都晒得流油，林间没有一丝凉风，知了在树上叫个不停，似乎是抱怨艳阳太过热烈，时间好像静止了，一切都走得格外慢。

刘星关于那天的一切的记忆都很糟糕，早上被语文老师骂了一顿，说他带坏班级气氛，整天不学无术，就知道混日子。中午去食堂吃饭的时候，发现自己最喜欢的土豆炖排骨卖完了，离开食堂的时候，被人泼了一身的海带汤。

是啊，那天所有的记忆都不美好，不过即使这样，那一天那个场景里的所有细节，刘星都记得一清二楚。

情不知所起，一往而深。

刘星翘掉了下午的体育课，买了根雪糕，一边嘬着雪糕，一边往学校的小树林里走，心想只有那里会凉快一点吧。

刘星正在思考，是不是要组织兄弟们提前收一下“保护费”。突然就看到了角落里，几个女孩子在围攻另一个女孩子。

抽耳光，扯头发，女生打架都很恐怖，不是真刀真枪流血流泪，只是会用尽办法让你无地自容到抬不起头。

当时没有去英雄救美，是刘星这辈子最后悔的事。提到这里的时候，刘星说，恨不得时光倒流，回去抽自己一个大嘴巴子。

那个被打的女孩子就是小雅，全程都没有说过一句话，没有哭也没有笑，只是一脸倔强地看着她们，眼睛深邃得像一池湖水，甚至还能映衬着夏日里的碧草蓝天。

“以后再这样，我见你一次就打你一次，贱人就是欠揍。”

围攻到了尾声，其他的女孩子都走了，留小雅一个人在原地。

接下来的那个场景是刘星一辈子都不曾见过的悲声哭泣。小雅抱着头，蹲在那，哭得声嘶力竭，受尽了委屈，却无人护她。

再怎么坚强勇敢，就算人前不曾有一丝一毫的低头，可终究只是一个小姑娘啊。

刘星觉得很尴尬，只好躲在后面不出来，小树林里散落的阳光，细细碎碎地洒到小雅的那张满是泪痕的脸上。

像是阳光发生了折射，空气与哭泣声发生了化学反应，莫名一阵清风拂来，刘星觉得很糟心，心里突然多了点什么东西，恨不得马上站出来，让她别哭了。

在那之后，刘星就想方设法打听到了小雅的班级、住址和家庭情况。

刘星经常偷偷跟在小雅后面，护送她回家，甚至找人警告了那一伙儿女生，放出话来说，从此以后，赵小雅都归他罩着，谁要是再敢找她麻烦就是和他刘星过不去。

刘星以为那是内疚，因为当初对小雅袖手旁观，见死不救。

可是一连很多天，刘星总会梦见第一次见到小雅时的那个场景。在梦里，他变成了脚踏五彩祥云身披金甲圣衣的大英雄，把围攻小雅的一群妖魔鬼怪打得落花流水。

这个梦反反复复做得多了，刘星就明白了，原来那不是内疚，是自己喜欢上小雅了。

在此之前，“喜欢”这个词语从未出现在刘星的世界里，他的世界就是自由随风，想做什么就做什么，不用顾忌任何事，也不用考虑任何人。

刘星的父母离婚后各自组建了新的家庭，刘星跟着奶奶在这个小城镇里生活，过得潇洒快活。

知道自己喜欢小雅以后，刘星就单刀直入闯上门去，带着不成功便成仁的一往无前冲到小雅面前，没有一丝一毫的停顿，张口就表白。

“嘿，赵小雅，我是八班的刘星，我喜欢你，做我女朋友吧。”

对，你们没有看错，上面那句话不是问号，而是句号。

刘星说自己挺呆的，想到什么就说什么，那场表白一点都不浪漫，没有玫瑰，没有烟火，没有情话，没有大家热闹的起哄，只有一个少年一颗滚烫炽热的心。

小雅惊呆了，没有说一句话，只是看着刘星的眼睛瞪得像牛眼睛一样大。

有时候我觉得爱情真的很伟大

她温暖了你的时光

你拯救了她的青春

后来把所有的故事写成情诗

每一处的停顿

都是一句我爱你

两个人的两种世界，如果不曾相遇相知相互取暖，或许就是截然不同的两种人生。

馨颜野生插画师学院 风林晚/绘

一段青春，曾为了某个人，努力过，拼命过，哭过，笑过，无论能不能走到最后，都算是最好的青春吧。■

那之后就是一个浪子回头金不换的感人故事。

刘星知道，小雅不希望待在那个山城里做一辈子的留守儿童，小雅最大的梦想就是离开那里，去看看外面的世界。

“打架，斗殴，同学之间相互攀比，有背景的就人人奉承，学习好的就要被揍被孤立，老师、学校都选择视而不见，我一点都不喜欢这里，甚至讨厌这里，我要离开，去很远的地方，一辈子都不要回来。”

有一天，刘星问小雅喜欢这里吗，小雅很平静地说出了上面的那段话，语气里没有任何留恋，看向远方的眼睛里没有焦距。

两个人的两种世界，如果不曾相遇相知相互取暖，或许就是截然不同的两种人生。

刘星愿意为了小雅去改变自己，他想陪小雅一起走下去。

后来刘星开始努力学习，可能只能用悬梁刺股去描述那种感觉了。落下的两年多的课程要在一年之内全部补上。要是搁以前，这种不可能的事情刘星光是想想就觉得可怕。大概是爱情的力量太强大，所以奇迹就这么自然而然地发生了。

刘星每天早上五点起床，远离曾经的混混人群，过上了三点一线的日子，教室，食堂，家里的那张床。

除了在学校努力写卷子、听讲，放学后还会去找小雅额外补课，把高一高二落下的课程都补回来。

刘星笑着说，可能自己做梦的时候都在背单词。那时候也不知道未来到底会是什么样，只是想努力做到最好，免得未来给自己留下遗憾的青春。

一段青春，曾为了某个人，努力过，拼命过，哭过，笑过，无论能不能走到最后，都算是最好的青春吧。

刘星用震惊全年级的高考成绩，和小雅填了同一个城市的另外一所大学。

一起去看更大的世界，一起变成更好的人，一起对这个不温柔的世界勇敢出拳。

人人生而孤独

我却因你变得与众不同

你曾赐我温柔梦想

你曾给我勇闯天涯的意气风发

你曾让我对这个世界满怀欣喜

你曾让我对未来充满期待

一路上有你

宛如一个美梦

刘星对小雅来说，就像平淡无奇的生活里的一颗发着光的流星。

小雅清楚地明白，自从刘星出现之后，就再也没有人找她麻烦了。不用胆战心惊地害怕放学会被人堵，不用恐惧被其他女混混打，班上同学对她也愈发客气，不会像以前一样无视她的存在。

小雅知道刘星为了自己，拼命学习，但其实他并没有那么喜欢外面的世界。

大学里，小雅出落得愈发漂亮。

比刘星帅的、高的、有钱的还拼命向小雅献殷勤的人很多很多，可是小雅从没变过心。尽管所有人都觉得他们并不般配，所有人都持反对意见。小雅甚至因为室友频繁地给她介绍男朋友而搬出宿舍住。小雅说："这辈子，我赵小雅除了刘星，谁都不跟。"

我想那是我听到的最暖心的情话了吧。

一见倾心，再见难忘。

他们都说爱情久了便会少了新鲜感

就像过期的凤梨罐头

变了味的吐司蛋糕

外表依旧摇曳多姿

可是内里早就变了质

有时候人真的挺奇怪，没遇见爱情的时候备感孤独，真正摸到了感情的大门，又不敢把钥匙插进去，害怕流泪害怕受伤害怕遇见错的人，两个人在一起的时候又怀疑爱情会过期，对方会变心，离开的时候却又纠缠不清拉拉扯扯。

真正的喜欢，哪有那么多时间去猜测怀疑，去不安恐惧，都急着努力变成更好的人，给对方更好的生活。

就像毕业之后的刘星，除了小雅，一无所有。

为了挣钱，去做了和自己专业毫无关联的销售。

他从基层做起，深入到工厂里吃喝拉撒四五个月，所有的程序、选材他都了解得清清楚楚。

跑业务的时候，刘星最拼命，别人都不愿意去的偏远地区他主动要求去，别人都不愿意接触的难搞客户他愿意去……

一年之后，他就成了全公司业绩最好的销售员。

两年以后就升职加薪，付了首付贷款买了房。

三年之后，他就和小雅结了婚。

文字永远没有生活来得形象生动。很多年过去了，刘星就把他们这些年经历的点点滴滴概括下来。

他们自然不是一直平平淡淡，也有波澜曲折，例如刘星公司里总是照顾他的女上司，小雅也会被富二代追求……

但不是每一段感情都经不起时间的考验。

有时候爱情会让我们变成更好的人。

因为喜欢，所以共同努力，在这茫茫人海，因为彼此的存在，而不再孤独。

今年他们的小宝宝已经出生了，名字叫刘爱雅，简直是虐死单身狗的节奏。

我们都渴望爱情

我们都希望变优秀

愿你左手持剑屠恶龙

右手鲜花抱美人

这一生太漫长

这条路磕磕绊绊不好走

可我们终究咬牙坚持着

因为太爱她，不忍心看她一个人在这个声色繁华的名利场里摸爬滚打，所以用尽全力，变成更好的自己。

愿你遇见爱情，也遇见更好的自己。

（安梳颜：简书签约作者。半路笙歌电台台长，美丽、知性、高情商的全民闺蜜。微信公众号：安梳颜 AAynuli）

爱对了是爱情，爱错了是青春

_文 · 安梳颜

你啊，总爱错人，对得起自己吗？

一辈子太漫长，从懵懂少年到青春流逝，接着就是人到中年，随之而来的就是我们不得不接受的必须老去。

在这样漫长的人生岁月里，我们会遇见很多人，就像是一场又一场目不暇接的旅行。这之中有人陪我们步行，有人带着我们坐车，有人则是领着我们平步青云，可是我们也会遇到一类人，他们拉着我们，不让我们往前走。

那些拉着我们的人，可以称他们为消耗我们的人，生活不易且艰辛，所以请远离消耗我们的人。

喜欢一个人应该是什么样的状态呢？想拼命努力给他最

好的一切，想浪费时光和他一起数蚂蚁、看月亮，脑子里计划好了有关于他的所有东西，想要去有他的未来。

爱情大概是一首让人流连忘返欲罢不能的散文诗，每个沉浸在摇头晃脑的节奏里的人，都是感性的、幼稚的，当在后来的某一天幡然悔悟，大概才知道自己早该离开了。

但爱情应该是美好的，应该有带着阳光味道的温暖。等到明日黄花人已老的时候，想起自己曾经爱过的某个人，能微笑着说，曾经喜欢过他，一点都不遗憾。

小麦从高中开始就喜欢一个学长，然后拼命考到同一所学校，去做他的学妹。

俗话说得好，男追女隔层山，女追男隔层纱。

但在小麦身上似乎很难实现，高中的时候她写了无数封情书，粉红色的信纸，写满少女心事的点点滴滴。

小麦永远都记得表白成功的那一天的情形，像是油画里上了色的风景。

那天的阳光很清新，风里有青草土地的味道，岁月静好，空气里隐隐约约响起蝉鸣。

阳光温暖，喜欢的人刚刚经过身边，大抵一切都很美好。

小麦一身白裙子冲过去，拦在他面前：嘿，我喜欢你，你也喜欢下我好不好？

这是一个再俗气不过的爱情开端，只是小麦也未曾料到，后面的故事不如想象中活色生香，曾以为的美好爱情终究如午夜醉酒后的呕吐物，唯恐避之不及。

他喜欢玩游戏，小麦就跟着学，整宿整宿地熬夜打游戏，只是为了和他有话聊；他在校外租房子，小麦下了课就打车去找他，买菜做饭收拾屋子，像足了家庭小主妇；他喜欢打篮球，小麦就每次都当啦啦队，就算逃课也在所不惜；他喜欢熬夜上网，小麦就从原来的作息规律变成现在的他睡了自己才睡……但是也真的应了那句话：所有的深情都将被辜负。

他生日那天，小麦特意翘了课，美滋滋地化好妆，换了新衣服，打扮了很久，去蛋糕店拿了已经订好的蛋糕，满心期待地去了他家。

打开门的那一瞬间，看到了他和另一个女孩子耳鬓厮磨的情景。蛋糕掉到了地上，小麦的心也一样掉在了地上，碎得稀里哗啦。

对你是多随便，才会连敷衍都嫌麻烦。

他明明知道小麦会在某一个时间段过来，可他全不在意。

在感情的世界里，那个先爱的人就失去了所有的优势，把自己放在很低的位置，委屈难过伤心都只能自己扛着，可是他什么都没做错，一切都是因为先爱了。

小麦很难过，因为太喜欢他，所以只能眼睁睁看着他把刀子戳到自己心上。凌晨时分，小麦在大马路上哭得死去活来。除了昏黄的路灯外，一个人影都没有。

小麦和学长的感情就是这样，学长变心了，喜欢上另一个妹子，两个人分手。后来学长又贪恋小麦的温暖，回来找她，两人和好如初。

学长也是浪迹江湖多年的人，有点花心，女友也总是换个不停，能和这个姑娘暧昧，也能勾搭那个妹子，对小麦来说唯一的不同大概就是，学长最后还是会回来找小麦。

小麦总是安慰自己，别人都只是他路过的旅馆，只有自己才是最后那个能温暖他的家。

学长偶尔也会带着小麦出去旅游，爱着小麦的时候也会花心思，会给小麦买她喜欢的巧克力味道的冰淇淋，路上也会给她打伞，替她拎包。

可是大家都知道，这样的爱情根本就不是棋逢对手，小麦手里握着不多的赌资，一开始就全输光了。学长冲她笑了笑，她就神魂颠倒欲罢不能了，学长给她一个温柔的拥抱，她就此生不离不弃甘愿做牛做马了。

小麦和学长在一起，打过一次胎。

知道怀孕的时候，小麦吓坏了，因为她自己还只是个孩子，这个消息对她来说，未免太过沉重。

学长陪着她一起去的医院，路上学长紧紧握着她的手，然后眼泪就不知不觉地流了下来，他不停地说：我是混蛋，我是混蛋。

小麦拍了拍学长的肩膀，然后挤出了一个勉强的笑脸说：不怪你，是他来的不是时候。

有多爱一个人才能做到如此，心里痛得说不出话了，还要勉强自己去安慰对方。

小麦最后一次决定离开，是因为学长忘记了小麦的生日。其实那也是打掉孩子的那一天，学长本来约好要和小麦一起去放烟花纪念在天上的孩子。因为小麦相信每个人死去都会变成天上的一颗星星，小麦想告诉那个孩子虽然没能让他来到这个世界上，可自己还是挂念他的。

那天晚上学长没来，电话打不通，学校也找不到人，别人在朋友圈里却看见学长搂着别的妹子，脸上满是笑容。

有那么一刻，小麦真的希望自己从来没有爱过对方，不相识便可不相亲不相爱，做个陌生人，就不用去努力做他最后的家，也不用去担心他会路过各式各样的旅馆，贪恋别人的温暖。

真正的放弃是悄无声息的，小麦一声不响地走掉了，就算学长找回来，声嘶力竭向全世界宣告着“我爱你，对不起”，小麦也不会回头。

伤害就像刻在心里的一块疤，不去想它的时候风轻云淡，可真的用手去触摸的时候，当初那种痛到窒息的感觉一瞬间就回来了。

离开学长后，小麦觉得日子过得很快，一秒变身学霸，年年都拿奖学金，只是闭口不谈爱情了。

爱对了是爱情，爱错了是青春。

可是我希望你深爱过的每一个人都是对的人，就算被生活打击得无法抬头，看不到前方的一点光芒，所有的结局都是没有走到最后，我也希望你能笑意盈盈回望曾经那段轰轰烈烈的青春，因为对方，你变成了更好的人。

（安梳颜：简书签约作者。半路笙歌电台台长，美丽、知性、高情商的全民闺蜜。微信公众号：安梳颜 AAynuli）

心怀美好，爱情不过是场终遇繁华的修行

_文·尹惟楚

从大一入校开始，我们就一致认为煌煌非同一般，用胖子的话说就是：此子骨骼清奇，胸怀博爱，忍旁人所不忍，容他人所不容。因为煌煌是顶着备胎的标签进入大学的，这不是重点，重点是备胎的对象是他前女友，而这也并非关键，最关键的是他前女友劈腿的对象，正是那时候他们两个在一起时的备胎。总结起来就是，备胎被女神扶正，正胎打入冷宫沦为备胎。

所以，严格意义上来说，煌煌不仅仅是一个备胎，而且是一个涂了厚厚一层绿漆后被搁浅的全尺寸备胎。

煌煌高考首败后选择了复读，而女友就是在他复读的那

一年里，被一路追到大学的备胎成功逆袭。进入大学后，乱花没有迷乱他的心，他仍是痴痴地站在岸边，坚信有一天他女友终会“浪女回头”。

那女孩心安理得地享受着他的关心与爱慕，每次和男友吵架后就会找煌煌诉苦，他也每次都是温柔以慰，给她讲故事哄她睡觉。女孩入睡后他便兴奋到天亮，以为机会终于来临，可女孩第二天一醒来便和男朋友立马和好。

我们学校在河东，他们学校在河西，大一时候我们是十人间的上下铺寝室，大楼二十四小时不锁门，有一次女孩和他男友开房的时候吵了起来，男友一气之下便拂袖而去，煌煌在听到女孩的哭诉后立马更衣下床，打个的便杀向河西。当车子开到湘江大桥一半的时候，男人打电话过来，说：你别来了，我们没事，而且也和你无关。

无处发泄的煌煌徒步走回了学校，回寝的时候天刚好蒙蒙亮。

这种旁人看着都抓狂的状况直到女孩大四去广州实习才算结束，那时候她已经和男友分手，可也没有给煌煌任何机会，两年多的备胎生涯，煌煌可谓是兢兢业业，甚至“论备胎的自我修养”中的所有秘籍，都不及他所做的十分之一。

失去备胎枷锁的煌煌没有一身轻松，而是精神萎靡了半个月之久，睡他上铺的昌哥有天半夜被尿憋醒，探头便发现下铺的煌煌侧身而卧，柔亮的月光下泪水横流。

那一瞬间昌哥满是心酸，差点就爬下去钻进他的被窝以身相许。

我们所有人都为他大感不值。他想了想说：其实也没什么，在你们眼里我只有付出，可我却完全仅是出于本能地对她好，而且在她那里我也明白了许多道理，最重要的便是如果以后有谁后悔，那个人绝对不会是我。

煌煌在沉寂半年后，在社团遇到了他的第二场爱情，对象是仍对大学一知半解尚处探索阶段的大一学妹，煌煌充分发挥自己的热情，为小学妹鞍前马后，不厌其烦地无私付出，最终赢得学妹的芳心，水到渠成地走到了一起。

从此煌煌的日子过得甚是滋味，除了上课睡觉，其他时间都是和学妹腻在一起，整个人相比以前变得精神了很多，不变的就是他对女友对感情的态度，一直都是忘我般地全力以赴。

我们旁观者在为他高兴的同时，也暗自皱眉，自诩为摧花圣手的二哥更是痛心疾首地反复劝诫：对女人不能太好，这样容易被她吃死，对感情也不能太投入，这样即便分手也更容易脱身。

煌煌听了都是微笑应对，说两个人在一起，对她好是一天，对她不好也是一天，而对待感情不认真投入，那又为什么要开始呢？说得二哥无言以对。

煌煌的这段感情坚持到了大四毕业，那时候煌煌已经将未来工作定位在长沙，并且计划在学校旁边租房子，边工作边陪女友完成大学学业。可女孩却在那时候提出了分手。

我们都没有安慰他，因为那时候我们都自顾不暇，而且这次失恋对他打击似乎很小，他完全是一副云淡风轻的样子。最后大家一起喝酒，我有点喝高了，说：煌煌，我还是为你不值，你说我们的话沦落至此尚能理解，可你付出这么多，不照样白搭了。

煌煌把放到嘴边的杯子拿了下来摆在桌上，淡然一笑，说：这哪来值得不值得啊，如果一段感情还需要去衡量得失，那即便你从中获利再多也会感觉很累。而且你看，现在你们都在懊恼自责，可我虽然有遗憾，也有不舍，但绝对问心无愧、无怨无悔。

听得我们瞬间酒醒了大半，二哥更是佩服得差点跪了下来。

果然，煌煌第二天便精神抖擞地开始在网上投简历，也时不时跑人才市场找工作，几天后当我们从失恋中缓过神来的时候，他已经将工作彻底搞定，毕业晚会完后第二天便去了深圳开始新的人生。

后来他们公司在益阳有项目开工，身为益阳人的煌煌自然就被派遣了回来，在长达一年多的工期中，觉得空余时间过多的他跑到一家驾校报了名，并在那里遇到了自己的第三段爱情——同组学车的一个女孩。

在他带着女孩参加了我们几次聚会熟络起来后，我们偶尔就会开开玩笑。胖子没事就会对着煌煌阴阳怪气地说：你小子大三时候借的打胎费也该还了吧。逗得妹子哈哈大笑，说：你们消停点吧，他和你们可不同。

我开玩笑说：煌煌你爽了，以后偷腥都自带隐身技能。

煌煌听了乐开了嘴，旁边的妹子则是挽着他胳膊，一脸甜蜜笃定地说：他绝对不是那样的人。

最后哥几个组队去厕所放水的时候，二哥打着尿颤说：煌煌，你他妈赚翻了，得妻如此，夫复何求？

其实我倒觉得，这样的结果其实早已注定，煌煌完全配得上这样的爱情，或者说他完全值得这样一份信任。因为在我们将青春耗费在衡量爱情的得失里时，他却一直怀揣着希望与美好，默默地耕耘着自己心中的玫瑰园，丰沛着自己的情感。我们用一种近乎逃避的心理将失败的爱情粉饰为青春，又怎及他一直将此当作一场场修行。

有人说，男人一辈子要遇上三种女人才能成为人生赢家，最终跻身幸福之巅：第一种是爱你的女人；第二种是你爱的女人；第三种就是你想与之共度一生的女人。可是人生哪会如此完美，即便遇上，谁又能肯定地知道对方是否爱你，甚至爱你几许。可于煌煌这种人而言却并无二致，既然要爱，那就全力以赴，终有良人不负卿。

我不断点击着鼠标，翻着他们的电子请柬，突然感觉整个世界都甚为美好，特别是翻到最后一页的时候，映入眼帘的不是美丽的结婚照，而是一张看似很随意的抓拍，照片上的女孩站在车子旁边，右手自然地搭在引擎盖上，左手捋着被风吹到嘴角的头发，金色的夕阳下，对着镜头笑语嫣然。

照片下面印有一行显眼的正楷小字：

心怀美好，爱情是场终遇繁华的修行。

（尹惟楚：简书签约作者。深邃不乏幽默，理性不失温度。微信公众号：尹惟楚 yinweichu0707）

有的爱轰轰烈烈，
却敌不过柴米油盐

_文·林夏萨摩

1

第一次见姜城，压根看不出他是苏沫的男朋友。

一种礼貌而疏离的气息，在苏沫和姜城之间弥漫，我一度以为他们只是一起合租的人。

他顶着个油乎乎的头发，戴着一个简单的黑色发箍，下巴上零落的是细碎胡茬，瘦削凌厉，鼻梁挺傲，特别像小说里帅气又颓废的男主角。

他给人的感觉，很像《后会无期》里的陈柏霖。

我们进门，恰好撞见他把吃剩了一半的泡面，往厨房的垃圾桶里扔。

那天，我跟苏沫为了赶隔天的客户提案，一直加班到晚上十一点多，回我家的地铁早都没了，苏沫提议去她家过夜，她家很近，离公司只有两条街的距离。

我一想，也好，这么晚了，一个人打车既贵又不安全。

两具疲惫的身躯踩着高跟鞋。

忽高忽低的脚步，慢吞吞地沿着长宁路，往愚园路方向走。

每走一步，把脚上的高跟鞋脱下来拎着，赤脚走路的想法，就比前一秒钟更强烈一些。城市，尤其是在上海这样的城市，好像根本没有夜晚，也没有星空。夜里十一点多，仍是满目璀璨刺眼的灯光和来往不息的车流。

倒宁愿夜更黑一点，把我跟苏沫的身影湮没。那样，我们的疲惫和狼狈就不会那么扎眼。晚风夹着凉意袭来，我跟苏沫都不自觉地抱起了双臂。

十字路口等红灯。

苏沫目光空洞地看着前方，眼底藏着我读不懂的情绪。

“小米，你为什么会一个人来上海？”

“啊？怎么突然问这个。如果我说，我是为了梦想才来到这里的，你会不会笑话我？”

“怎么会呢。我笑话你，就是在笑话我自己。可是，我都快忘了自己的梦想是什么了，每天按部就班地生活，像是一个被抽空了灵魂的躯壳。那，你的梦想是什么呢？”

“我的梦想是世界和平，人人有肉吃，有汤喝。哈哈……”

我学着苏沫的样子，仰脸看着前方。

“没有啦，我的梦想是有一天能成为上海滩的金牌策划，在广告圈里激扬文字，指点江山。不要笑我，毕业之后，每次谈起跟梦想有关的字眼，都要花费很大的力气，才能鼓足勇气说出口。苏沫，你说，我们从什么时候开始对谈人生、谈理想感到羞耻的呢？”

“不知道，可能……我们都变了吧……”

离开象牙塔，进入社会，我们越来越聪明，也越来越世故。

好像正中了《致我们终将逝去的青春》里陈孝正对郑薇说的那句话：我们最终都要成为自己最讨厌的那种人。

可惜了，我们在乎的东西那么多，最后能守护的却只是寥寥。回头望来时的路，竟然不知道是怎样走到了这里，每一天都在坚持和放弃之间纠缠，不知道下一个路口会是怎样的风景。

“你，想回家了？”

“嗯，累了，想回去了。

“一个人在陌生的城市里生活，每一次累了，倦了，都迫不及待地想买一张机票逃回家。又不甘心就这样回去，如果我现在妥协，回去了，之前所有的努力和坚持就都成了一场笑话。”

“苏沫，你别这样想，我知道你心里有多少包袱，但我也不知道我们以后会怎么样，能否实现各自的梦想，但我总觉得，只要我们坚持，结局就会有所不同吧。”

“希望吧，希望一切都有所不同。”

2

苏沫租的房子，在愚园路一条不起眼的弄堂里，里面大小弄堂的结构排列十分奇怪，夜里走起来有种诡异的气氛。

苏沫见我全身戒备的紧张样子，走近一步牵起了我的手。

“小米，别怕，这里很安全的。

“我就是太喜欢这条街了，租金贵得要死，也咬着牙租了下来。

“每次下班后，走在这条梧桐掩映的老街里，总会产生一种与时光捉迷藏的感觉，路过每一栋建筑，每一个门牌号，都会不由得猜想它们背后隐藏的时光和故事。《布尔塞维克》编辑部旧址就在现在的这条愚园路上，张爱玲的故居就在愚园路常德路路口的一栋旧公寓里，傅雷夫妇也曾住过这条街。

“好像我的潜意识里一直觉得，只有住在了这样的地方，才算是真的在上海生活，才能遮盖落魄处境衍生的尴尬和自卑。所以，哪怕省吃俭用，也要住得体面一些，这样，我留在上海的底气就更足一些，就算梦想靠近的脚步太慢了，也没有关系，我可以等它。”

原来是这样，我也有过类似的心情。

苏沫的声音很轻，可每一个字眼都那么婉转惆怅，我不知道要怎么安慰她，只好将她的手握得紧一点，再紧一点。

气喘吁吁地爬到六楼，最外面的一扇门虚掩着，苏沫带我推门而入。

进了门，苏沫立刻甩掉了脚上的高跟鞋，低头换鞋的时候，她没去看眼前的男人，瞥了一眼水槽里堆着的油腻碗筷，轻轻地皱了眉头。

房子是两室一厅的格局，目测大概八十平方米左右，厨房和卫生间紧紧挨着，空间都比较狭小。

“小米，你先坐会儿，我去给你找拖鞋和睡衣。”

“嗯，我要先躺一会儿，脚痛死了。你的床软软的，好舒服啊。”

我四肢张开地霸占了一整张床，仰面躺着闭目养神，好像随时都会睡着，耳朵却不小心吸进隔壁房间的声音。

“你今天为什么没去面试？我跟 Elaine 姐磨了很久，才拿到 E 杂志摄影师的机会。”

“不想去。”

“为什么？我拜托了别人那么久才拿到的机会，你一句不想去就结束了？”

“苏，我不想靠你的关系，去做我喜欢的事情。你明不明白！这不是我想要的方式，E 杂志再有名又怎样？这么商业化的杂志也未必能欣赏我的作品。你知道的，我想拍的是艺术，不是简单的照片。”

“姜城，你什么时候才能把自己不合时宜的骄傲和自负收起来？你有哪一份工作超过三个月的？你天天在家里躺着睡觉，坐着打游戏，就会等到机会吗？就会有人认可你的作品吗？你什么都不做，别人凭什么认可你。你什么时候才能长大？我受够了！”

砰的一声，是谁摔门而出。

他们吵架了，我要不要出去看看？

3

我赤脚走出房间，寻了一圈。

苏沫站在厨房的水槽前，一手拿碗，一手拿洗碗布，身体轻微地颤抖。

走近，才发现苏沫无声无息地哭泣，眼泪像是被硬生生扯断绳子的项链，珠子四处乱窜。我犹豫着该怎么做，笨拙地从背后抱住了她：“想哭就哭出声音吧，憋着多难受。”

苏沫深深吸了口气，“小米，你先去洗澡吧。我想把碗洗了。”

她再回到房间的时候，气息已经正常起来，见我坐在床上，露出了一个安慰的笑脸。

“小米，不好意思啊，你第一次来我家，就让你见到这种场面。”

“没有啊，是我不好意思才对，不小心闯进了你的世界。”

“刚才……你都听见了？他是姜城，我男朋友，我们在一起七年了。”

“嗯……对不起哦，我不是有意的，只是我从小耳朵就比较尖。”

“没事儿，不是什么大不了的事情。从去年年底到现在，我们断断续续地一直吵架。

“他说他不想做愚蠢的事情，不想拍一些不喜欢的照片，难道我就喜欢做不喜欢的设计？他不想面对客户，难道我就很喜欢？他有他的梦想，难道我就没有我的？我也想要走自己最想走的路啊，可是，我们两个难道不用生活吗？难道每个月不用交房租，不用吃饭？家里人一直很反对我们在一起，说摄影师不是什么正经职业，况且他连个稳定的收入都没有。只是我一直死磕，他们也拿我没办法。去年，我父母终于松口了，说接受他，说我也不小了，让我们赶紧结婚，安定下来。可他总说等等，总说这不是他想要给我的生活，总说等安定下来条件好了再说，可是我还要等多久呢？我已经快三十了，快等不起了。

“为了生活，我已经放弃了当婚纱设计师的梦想，跑去广告公司当什么狗屁平面设计。我从来没有想过让他放弃他的梦想，也不忍心他放弃自己热爱的东西。我只是想让他振作一点，踏实一点，先把眼前的路走好，梦想的话，晚一点实现也没有关系，我只想两个人开心地在一起。难道我错了吗？”

说完事情的始末，苏沫的情绪又激动起来。

“苏沫，你没有错。可能他还没有长大吧，男人本来心智成熟得就很晚，搞艺术的人更是思维异于常人。男人，其实有时候根本不知道女人心里在想什么，也不知道女人要的是什么。与其说女人要的是房子、车子和钱，倒不如说，她们想要的是一个安定的生活，是再不用颠沛流离，漂泊无依。你有试过跟他说你心底的想法吗？”

“说什么？还要怎么说呢？我们在一起这么多年了，我什么脾气他难道不清楚？有时我开始怀疑，他是不是不爱我了。分手，吵架，和好，吵架，摔东西，分手，复合……我已经不记得折腾过多少次了。我累了……

“半年前，我开始做噩梦……

“经常梦见自己跟姜城，被困在一艘破旧的小船上，四周是烟波浩渺的大海和漆黑苍茫的夜。看不到灯塔，不辨方向。我拼了命地往前划，想要找到可以停泊的港口或小岛，他悠哉地躺在船上，除了安慰我，什么也不做。他说天亮了就好了，会有渔船或游轮经过救我们的。与其徒劳无功地划船，倒不如躺下来一起看星星。精疲力竭的我，哭得好绝望。呼啸的海风，翻滚着巨浪，船翻了，我们掉进海里了。我不会游泳，我也看不见姜城，拼了命地挣扎，双脚乱蹬……最后踢到床头柜，痛醒了。

“半夜醒来的我，看见身旁的姜城睡意正浓，常常，一个人坐在客厅里，睁着眼等天亮。

“我不怕贫穷，不怕困顿，我怕的是自己这么执着地爱一个人，最后却得不到圆满。小米，你能明白这种感觉吗？每一天，都很惶恐，很不安。”

“我不知道，我好久没谈过恋爱了。

“我向往着爱上一个让我奋不顾身的人，又害怕遇到这样的人。因为爱情对于我来说，就只有八个字，要么深情，要么绝情。谁不想要那种你爱我，我爱你，我们都是彼此的唯一的爱情？可我偏偏没有遇到。如果我遇到了这样的人，大概会跟你一样固执。

“但你已经遇到了，我觉得，还在一起的时候，能多用力就多用力地相爱吧，因为，你真的不知道你们能有多少时间相守。

“我能问一个很二的问题吗？

“你们是同居了吗？那怎么是两个房间？如果是分房睡，那你刚才怎么跑到隔壁去拿衣服？”

“我们住一起，这间房是另外一个女生的，最近她出差了。之前大吵了一架，我就搬到了这间住。”

“哦，原来是这样。”

……

那晚，我们聊了很久，很久。

4

我以为他们会一直这样爱恨纠缠。

三个月后的某天，我刚洗完澡准备睡觉，被一阵急促的门铃声吵醒。

苏沫海藻般的栗色长发披散下来，拎着一个巨大的旅行箱，穿着睡衣，踩着拖鞋出现在我眼前。

“从现在开始，你要收留我了，我跟姜城分手了，这一次是真的……”

我呆了一下：“啊……噢。你快进来，想住多久，住多久。

“你想喝什么，可乐、果汁还是雪碧？”

“给我倒杯水就行了。”

“你还好吧？分手了，怎么这么突然？如果你想说，我会坐下来认真听你说，如果你不想说，那就等你缓缓再说。”

“我们换上衣服，找一家酒吧坐会儿吧。没有酒精，我今晚可能睡不着了。”

“到底发生什么事情了？”

“姜城，他就是个混蛋。七年了，我爱的人居然是个混

有时候爱情会让我们变成更好的人。因为喜欢，所以共同努力，在这茫茫人海，因为彼此的存在，而不再孤独。

愿你遇见爱情，也遇见更好的自己。

蛋，呵呵……”

5

苏沫对我叙述了事情的经过。

姜城还在打游戏，工作一整天，倦极了的苏沫准备先睡，总觉得有什么尖东西硌着腰那里。爬起来，在床上搜罗了半天，找到了一根耳钉，但不是她的。

“这个耳钉是谁的？”苏沫抓起手边的枕头往姜城的背上砸过去。

他好像很意外：“这不是你的吗？反正不是我的。”

“我只有银钻和蓝钻的耳钉，你什么时候见我戴过紫色的了？”

他解释说：“今天……今天家里来了一个模特，我帮她拍了一组写真，耳钉可能是她换衣服的时候，不小心落下的。回头我问下她还要不要了，不要我就扔掉了。”

“呵呵……就这么简单？姜城，你把我当傻子吗？有没有？”

“我不明白你在说什么……”

“我，问，你，们，有，没，有，做……”怒气汹涌，一字一顿。苏沫死死地盯着姜城，灼热的目光好像可以将房间点燃。

他只是站着，不说话。

啪！杯子碎了。

砰！花瓶碎了。

哐当！相机摔了。

桌上的东西摔得差不多了，苏沫虚脱似的捡着地上的碎片，手指被划破了也不管。

姜城一把拉起苏沫，紧紧地抱在怀里。

“我错了，我真的错了，苏沫，就这一次，原谅我。我不是故意的，我一时鬼迷心窍了。你别这样，你这个样子我特别害怕……苏沫，我错了，你原谅我，以后再也不会了。”

“呵呵，我原谅你。这一地的碎片会原谅我吗？姜城，我们分手吧，我累了。

“这是我最后一次说分手，也是唯一认真的一次。我会搬出去，你搬还是留下都随便你，下一次交房租是九月份。以后，我们就是陌生人。”

如果哪天不幸，狭路相逢，请你假装不认识我！

6

“你想清楚了？真的不回头，不再给他一次机会了？”

“小米，你看这个酒杯好看吗？我觉得很好看，可是这杯子里的酒却很苦涩。我现在坐在这里，你看我是不是特冷静，特正常？但我心里面翻江倒海，脑子里一直在放电影，全部都是他。

“姜城第一次表白，买通了对面女生宿舍楼的宿管阿姨和寝室，与她的宿舍平行的那栋楼的墙面上，出现了一排我的照片，正脸的，侧脸的，图书馆里的，走在林荫小道的，等等，每一张照片上都用红笔写了一个大大的字。连成一句话：苏沫，我爱你，做我女朋友吧。

“在一起的第二年我生日那天，他在左肩上文了我的名字，说以后他是我的人了，说苏沫以后要对他负责任，以后不会再有别的女人爱他了，他说，没有女人会爱上一个文了别的女人名字的男人。

“我们在一起的第三个情人节，他骗我说，他家里临时有事情，不能提前返校陪我过情人节了。为了赔罪，他跟我在电脑上视频，为我弹了两个小时的卡农。

“情人节当天，他捧了一大束玫瑰出现在了我的宿舍楼下，引起了好一阵骚动。

“还有，还有好多……”

苏沫的脑子根本停不下来。

她将脸转向我，眼神迷离：“你说，他曾经那么爱我，如今怎会如此伤我？他怎么舍得伤我？还是他已经提前透支了所有对我的爱和好，现在只剩下厌倦，所以才会去找新鲜和刺激？”

“你那么爱他，如果，如果你再给他一次机会呢？”

“机会？给他机会重新在一起，还是给他机会继续伤我？

“女人太自负了，天真地以为能改变她爱的男人，但其实，她们什么也改变不了。我以为，我会是姜城这匹野马的终结者，事实上我错了。我根本掌控不了他，一直以来，都是他在掌控我。他利用我对他的爱，肆无忌惮，不断地挑战我的底线，现在好了，他踩到地雷了，而我爆炸了，炸毁的是过去七年的感情……”

7

半年后，苏沫辞职，进了一家出版社当插画师。

她坚守的爱情没能给她圆满，于是，被伤了心的她，回头找梦想取暖。

我们再也没有见过姜城，他像是在人间蒸发了一样，苏沫也再没回过愚园路的房子。

她跟我说，没想到，她的爱情可以轰轰烈烈，却终敌不过柴米油盐。

这一段长达七年的恋爱，耗尽了她最好的青春，耗尽了她的心力，只剩下回忆和伤口在夜深人静时不断地吞噬她。她不知道还要多久，才能敞开心扉，不知道自己以后还能不能像对姜城一样毫无保留地爱一个人，对一个人好。

她不想知道姜城的消息，所以，没有消息是最好的消息。如果离开了她，他过得不好，她会心疼，他过得很好，她会难过，因为，在那个更好的世界里，已经没有了她的位置。

（林夏萨摩：简书签约作者。明明可以靠脸吃饭，偏偏要和中文较劲。微信公众号：林夏萨摩 linxiasamo）

他不是不懂你，他只是不够爱你

_文·肖卓

1

收到一张结婚请帖，是大学时期同寝室的室友涛要结婚了。

翻开大红的请帖，看到硬壳上面粘贴的婚纱照：涛西装革履、英气逼人，新娘幸福可爱、娇艳动人。

可是，我却感到一股莫名的心酸。

或许，是因为樱子吧。

樱子和涛谈了六年，因为爱他，樱子卑微到了尘埃里，一直在默默地付出和隐忍，最后和涛结婚的新娘却不是她。

樱子和涛去逛街，每次都是兴冲冲地去，失望而归，樱子看到喜欢的衣服，就会兴奋得试穿，而涛则在一旁玩手机，有时候樱子看到特别满意的衣服，问涛好不好看，涛会立即说好看，问他什么地方好看，却答不上来。

情人节涛给樱子买来路边摊上五块钱一个、手掌大的毛绒玩偶，可是樱子内心想要的是一束红玫瑰，只得无奈接过那个并不喜欢的玩偶。

樱子生日的时候，樱子告诉涛：两个人一起简单过就行。可是，涛却真的和她非常简单地过了，甚至连蛋糕和礼物都没买，就是在餐厅点了几个小菜。

樱子交代的事情，涛都记不住。节假日樱子期望的小礼物、小惊喜，通通都会落空，以至于后来她都不抱期望了。

有时候两人聊天，聊着聊着就无法继续下去，感觉没有共同话题，就不想聊了。

于是，樱子的姐妹们都劝她分手算了，可是樱子却说，他人很好，他只是不懂我而已。

是啊，他不是对你不好，他只是不懂你而已。樱子就这样自欺欺人，欺了六年，终于等来了涛的分手。

涛和她分了几次，樱子面对自己付出的六年感情，每次都哭到失控，跑去找涛和好，涛一看她哭得不行就立即安慰她。最后一次说完分手，涛竟然玩起了消失，这样才算彻彻底底分得干净。

后来，涛遇到了现在的新娘，樱子所渴望的那些“懂她”的事情，涛全部对现任做到位了：温柔体贴，无微不至，又走心。

感情中，因为自己付出了，就想要坚持走下去，他不走心的态度，你总能原谅他，并且安慰自己说：他只是不懂我罢了。

其实，他只是不想懂你，不够爱你罢了。

爱情的眼睛里容不得半粒沙子，我们不要将就，不管自己付出了多少感情，若对方不用心，请你大步离开。

在感情的世界里，除了天生愚钝的人，一个人不是永远无法懂另外一个人，而是不够爱他罢了。

2

说一说和我也是同寝室的另外一个哥们儿海子吧。

海子谈了一个学日语专业的女朋友，一个喜欢熬夜看日

馨颜野生插画师学院 羽灿/绘

爱对了是爱情，爱错了是青春。

心怀美好，爱情是场终遇繁华的修行。■

本动漫，喜欢吃辣，喜欢浪漫的女孩。

可海子却是一个满身臭汗在篮球场打球，在网吧打魔兽的男孩。两个人完全不相干的世界里面的人，偏偏就喜欢上了，而且爱得深入骨髓。

海子为了懂她，把《海贼王》《火影忍者》，还有宫崎骏的所有动漫全部看完，而且竟然发现自己慢慢喜欢上了动漫。

为了陪她熬夜，晚上睡觉经常把手机放到枕头上，有时候明明自己已经睡着了，一旦听到铃声响会迅速醒来，第一时间回复她的信息。

为了能够吃辣，每次吃饭海子都会点最辣的菜，一边吃一边大口大口喝冰水，一个不能吃辣的男孩为了自己喜欢的女孩，常常被辣得满脸涨红、心跳加快、吐舌头、喘粗气，看得让人心疼。

为了满足女孩浪漫的感觉，海子百度学习各种接吻的方式，竟然无师自通地研究出了法式热吻的经典二十六招。

功夫不负有心人，两个月后，海子完全懂了女孩，也可以吃辣了。

女孩说上句，海子马上可以猜到下句，女孩一个肢体动作，海子就知道她要干什么，甚至女孩的喜好和习惯都记得一清二楚。

然后，海子陪她一起吃辣，一起看动漫，一起熬夜。

3

不懂，只是一个借口，真正的原因是不够爱、不够努力，仅此而已。

如果你遇到一个从来不想去了解你，不想去懂你的人，不管有多爱，趁早放手吧，情感的路途本来就艰苦漫长，我们何必要委屈自己，何必要去将就？

你要等待，你要相信，总有那么一天，总有那么一个人，看你写过的所有朋友圈状态，读完你写的所有微博，翻过你从小到大的所有照片，甚至去过你曾到达的地方找寻关于你的信息。

他听你喜欢听的歌，去你喜欢去的地方，看你喜欢看的书，品尝让你喜欢的美食，培养和你一样的兴趣爱好。

他做这么多，无非就是想去懂你，想去更好地爱你，想弥补在你生命里他所迟到的所有时光。

虽然他不懂你，但是他会努力懂你，努力爱你。

（肖卓：一张立志成为你生活里的男闺蜜、好基友的桌子。微信公众号：桌子的生活观 zzdshg）

“你闻起来好像很好吃的样子”其实是一句情话

_文 · 肖卓

朋友 W 是一个用鼻子谈恋爱的女孩，因其发达的嗅觉和“臭名昭著”的癖好，我们都喜欢称呼她为“警犬小姐”。

她喜欢用洗手液无止境地洗手，然后一整天闻手掌的气味，她看书时必须点上香熏蜡烛，让整个房子充满香味，她还对男人的手指淡淡的烟草味莫名产生兴奋。

据说，她读幼儿园时分辨每个老师，也主要是靠气味。

警犬小姐有一个从高中到大学谈了八年的男朋友，叫果子，她选择他的一个最主要原因是——他很好闻。

学生时代的爱情很简单，选择果子，不是因为他帅，不是因为他高，也不是因为他家里有钱，而是因为果子找她表白那晚，月色缱绻，警犬小姐刚好没有戴眼镜，而果子又刚好穿了一件白衬衫，身上散发着洗衣液放多了的香气。

每每说起这段陈年往事，果子都会解释说那是因为洗衣液放多了的缘故，而警犬小姐却连忙摇头说："不是的，你穿别的衣服和不穿衣服，都是一样的气味，一样的好闻。"

于是，我们几个朋友又挨个嗅了嗅果子，完毕，一起做恶心状，异口同声：没有香气，只有"臭男人"的臭气！

我们曾经问警犬小姐，这种只有她可以闻到我们闻不到的香气到底是种什么气味。警犬小姐兴奋地说："这种气味不是奶香不是洗发水沐浴露洗衣液的气味，有点像青草的味道，又有点像阳光的味道，很梦幻，又说不清，反正就是很好闻就对了。"

后来他们变成了异地恋，靠着书信联系，果子写给她的信，她每次都会首先拿出来用力闻一闻，然后露出一副非常享受的神情："嗯，满满的都是果子的气味呀。"

可惜异地恋没有熬过去，他们就分手了，果子喜欢上了一个胸大、腰细、锥子脸的女人。

分手时果子告诉警犬小姐，"你别傻了，好看比好闻重要多了”，而她却边哭边说，“不是的，不是的……”

失恋的女人过得有多惨，没人知道，只知道警犬小姐还在默默坚守着嗅觉的习惯和记忆，不敢去他们之前经常去的地方，不敢触碰关于他的东西，因为那里都有他的气味。

一次失恋，好像耗费了半生的力气，因为太累，后来警犬小姐就没有再恋爱了。

就这样一直飘到了三十多岁的年龄，再也没有遇到一个好闻的人。

父母和亲戚朋友都急得要死，每天赶场子似的安排她相亲，她倒是欣然前往，可是每次都把相亲的男的吓得不轻。

为什么？

咱们的警犬小姐每次第一次见面的时候都会说：“你好，初次见面，我可以闻一闻你吗？”

然后她靠近那个男的，像警犬一样环绕着他，三百六十度无死角地去嗅一嗅，你说哪个男的可以扛得住这个架势？

三姑六婆都劝她不要去闻，可她就是控制不住自己，尤其是面对要和自己过一生的人。

直到后来，一次舞会，她遇到了她现在的先生。

她当时一个人傻傻坐在角落看姐妹们跳得很尽兴，而她现在的先生在旁边观察了很久，终于鼓起勇气跑过来邀请她跳舞。

她说：“我不会。”

他说：“我来带你。”

于是，他做出了邀舞的姿势，警犬小姐伸出了手。

就像是《闻香识女人》中阿尔·帕西诺一样，她心慌意乱，舞步总是出错，他却笑着，很温柔，用肢体和步伐，以及身体的简单触碰和节奏，把第一次碰探戈的警犬小姐完全带入了情境。

跳着跳着，警犬小姐仿佛闻到了久违的味道，和果子极为相似又有点区别的味道，一样的好闻。

像是命中注定一般，跳完后，他深情地对她说：你头发的气味很好闻，真想这样闻一辈子。

警犬小姐也开玩笑地说：你的味道闻起来也不错，好像很好吃的样子。

于是，俩人像是找到了知音一样，水乳交融到一起，爱得死去活来，走进婚姻的殿堂，把生活中每个角落都过得充满爱的气息。

《闻香识女人》中男主角因为一次意外，双眼被炸瞎，长期失明的生活使得他嗅觉异常灵敏，竟然可以通过女人的气味说出她的外形，甚至头发、眼睛的颜色及嘴唇的细节。

这部电影里面有句台词：我想有一个女人拥住我，我埋在她的秀发里闻香，一直到第二天醒来，她还在我的身边。

我想，对于一个人来说，最大的幸福，莫过于此吧。

夏天在暴雨来临之前，浓郁的泥土夹杂着青草的味道，扑面而来，会让你回忆起小时候放学，因为没有带伞被大雨淋透的感觉。

当你身处异国他乡，偶然间闻到烟花爆竹的气味，就会想起小时候热闹的过年场景，有一种浓浓的年味。

对于气味的偏好随着我们的长大，打下一个个烙印，我们对于气味的记忆可以伴随一生，有时候我们闻到某种气味，就会想起某个人，甚至把同样的好感瞬间转移到另外一个有同样气味的人身上。

《生活大爆炸》中，莱纳德的妈妈对他说：如果你想追到佩妮，你用和她爸爸一样的古龙香水就行。

其中的道理，大致如此吧。

气味的记忆可以在大脑中留存很久很久，你可能会不记得小时候家里天花板的颜色，但是你一定会记得小时候喜欢的人身上的味道，即便是过了很多年之后，你在人潮拥挤的街头遭遇相似的气味，仍然会猝不及防地被拉回到那个悠长的夏日午后，重温那段曼妙的时光。

科学研究表明，男女都喜欢和自己基因差异很大的人的体味，这样配对生下来的孩子也会很优秀，这是人类进化的结果，这种体味叫“费洛蒙”。

如果你闻到一个人的体味，觉得特别好闻，这是因为你们基因层面的相互吸引。

费洛蒙是人体独有的体味，和香水、沐浴露、洗发水的气味无关，之前警犬小姐说的好闻，应该指的是费洛蒙好闻。

现在我们的很多香水里面也加入了费洛蒙，但是却收效甚微，可能是很难遇到喜欢这种费洛蒙气味的人。

世界上有几十万种物质可以散发气味，但是我们的鼻子可以嗅到的只有千分之一，而这千分之一中喜欢的气味又更少；而我们遇到一个气味很好闻的人，更加少之又少，恐怕比中奖的概率还低，尤其还是彼此喜欢对方的气味。

于千千万万人之中，遇到彼此气味好闻的你，没有早一步，没有晚一步，恰好刚刚赶上，我能想到最浪漫的事情应是如此吧。

爱情是一场美丽的邂逅，更是彼此的“臭味相投”。

找一个气味好闻的人过一生吧，这样就不要他每天问你喜欢吃什么东西了，因为比起吃什么东西，你最想吃的其实就是他。

“你闻起来好像很好吃的样子”不是一句吃货的口头禅，而是一句深到海里的大情话。

（肖卓：一张立志成为你生活里的男闺蜜、好基友的桌子。微信公众号：桌子的生活观 zzdshg）

我们曾经相爱，想到就心酸

_文·诺然

1

2010年，林嘉16岁，喜欢穿棉T恤和白色帆布鞋，喜欢在上课的时候偶尔发发呆，喜欢在自习课的时候听歌写作业。

那个时候，阳光从窗外洒进来，空气中的灰尘就像在跳舞，一切美好得不像话。林嘉听歌不是用手机，用那种很小巧的MP3，披着头发就可以把耳线隐藏起来，最喜欢的歌星是林宥嘉，常常听的歌是那首《心酸》。

这首歌的旋律轻轻缓缓，林宥嘉唱到那句“走不完的长巷原来也就那么长，跑不完的操场原来小成这样”时，林嘉的心突然疼了一下。

2010年，林嘉不仅喜欢林宥嘉，她还喜欢一个叫唐逸的男生。

2

唐逸不是学霸，不是校草，林嘉遇见他的那天，唐逸并没有穿白衬衫，更加没有阳光。那只是一个下雨天，林嘉听着歌站在教学楼门前，看着一时半会儿根本不会停的雨发呆。

站在她旁边的正好是唐逸，可能是因为无聊，唐逸突然说："同学，你在听歌吗？"

林嘉的耳朵里塞着耳机，她并没有听到唐逸在和她说话，直到唐逸伸手把她的耳机拿下来。林嘉看着唐逸站在她面前，一脸无害地说："我刚刚和你说话，你没有理我。"

那一刻，唐逸就像个小孩，林嘉毫无预兆地沉陷了进去。雨水打在地上渐起水花，另一只耳机里，林宥嘉唱着那句：闭上眼看，最后那颗夕阳美得像一个遗憾，辉煌哀伤，青春兵荒马乱。

有些人，往往是不经意间出现在你的生活里。他们扮演着朋友的角色，熟悉后，可以发展为好朋友或者恋人。

那天，林嘉知道唐逸和她一个年级，理科班的，教室在她楼上。从此，林嘉去上厕所会故意去楼上那层，怀着少女的那点小心思，她只是想偶遇唐逸。

走过唐逸班级门口时，林嘉明明心里很紧张，表面却很平静，淡定从容地走过唐逸的班级。偶尔唐逸就在走廊站着，他会和她打招呼，这样一来二往，他们熟悉了，互相加了 QQ。

唐逸会主动找林嘉聊天，他问林嘉："嘿，你喜欢林宥嘉是不是因为你们的名字相似呀？"

林嘉说："因为觉得他帅。"

唐逸调侃她："那林宥嘉帅还是我帅？"

林嘉在心里说了一句：他帅，但是我更喜欢你。

唐逸长得不是很帅，不过会聊天，又幽默，喜欢他的女生比较多。16 岁的林嘉，听着大人说不能早恋的话长大，所以她不敢表白。很快，唐逸有了女朋友，隔壁班的姑娘，长得很漂亮。

林嘉把自己和那个姑娘对比过，她觉得喜欢穿帆布鞋的她比不过穿校服还会画点淡妆的那个姑娘。

那个姑娘没有出现之前，林嘉觉得唐逸是喜欢她的，她只需要等，等到唐逸向她表白的那天。

唐逸表白了，表白对象却不是她。唐逸在 QQ 上说他有女朋友的那天，她的心里下了一场雨。

3

唐逸的那场恋爱谈得轰轰烈烈，手牵手在校园散步，被教导主任叫家长。唐逸在办公室大声说："我不会和她分手，我们又没有做错什么。"

班上同学绘声绘色模仿唐逸说那句话的样子，林嘉莫名地烦躁，她跑到走廊透风，不巧偏偏看到了唐逸女朋友。

她很漂亮，林嘉甚至觉得唐逸配不上她。林嘉想着如果唐逸的表白并没有成功，她会有勇气向唐逸表白吗？脑海中浮现的是一个否定的答案。

就在林嘉快忘了唐逸时，她听说唐逸分手了。她看着唐逸的 QQ 头像，还是忍不住发了一句："你还好吗？"

良久，唐逸回复她，他说："死不了，不就是分手嘛。"

林嘉和唐逸又回到了像以前一样聊 QQ 的状态，他每天和她说晚安。那个时候，智能手机还不普及，林嘉用的是步步高的翻盖手机，是她自己存钱偷偷买的。手机上只有 QQ 一个娱乐软件，用来和唐逸聊天。

那个时候的喜欢最单纯，也最弥足珍贵。三点一线的生活，除了上课，吃饭，睡觉，林嘉心里满满的只有唐逸了吧。

时间如白驹过隙，林嘉和唐逸都升入了高三，学习压力大起来，自然也忙碌起来。林嘉主动把手机锁在柜子里，喜欢看偶像剧的她对唐逸说："我们来个约定吧。"

她和他约定一起考 H 大，H 大在 C 城，林嘉说她不想离家太远。

唐逸笑着点点头，他说："好。"

时间在无数考试中，无数妈妈做得好吃的还有林嘉和唐逸两人的互相鼓励中度过。

高考完那天，林嘉终于可以肆无忌惮地玩一个通宵，班级聚会散场，好朋友们约她去唱歌。唐逸和她不在一个班级，她都还没有问唐逸考得好不好。

回到家已经是第二天早上了，在妈妈的埋怨声里，林嘉一沾到枕头就睡着了。等她醒来，已经是下午了，她把手机从柜子里拿出来，已经没电了。只好拿电脑登录 QQ，果然，唐逸的小头像不停地在跳动。

唐逸说："林嘉，为了你，我学会了林宥嘉所有的歌。"

唐逸说："林嘉，下雨天那次，其实我的书包里有伞，但是我觉得你安静听歌的样子很美好，就在你旁边站了很久。"

唐逸说了很多很多，林嘉只记得那句："如果可以，我们在一起吧。"

林嘉喜欢唐逸，唐逸一直都知道，他看破不说，等着高考后的这一天给林嘉一个惊喜。

林嘉看了看消息时间，晚上 12 点发的，离现在已经过去好几个小时了。

林嘉说："现在说好，还来得及吗？"

很快，唐逸的小头像跳动起来，他说："来得及。"

4

高考成绩出来的那天，最开心的莫过于林嘉，她打电话问了很多老师，老师说她的分数上 H 大没问题。

唐逸考得也不错，他们的第一志愿都填了 H 大。本科一批的录取分数出来了，林嘉和唐逸都考上了 H 大。

那个暑假是林嘉最开心的时候，有亲情，有友情，有爱情。虽然她的好朋友知道她和唐逸在一起后，怀着不赞成的态度，她们说唐逸喜欢和女生玩暧昧，但是她不在乎，只要唐逸和她在一起就好。她拉着唐逸的手走遍了大街小巷，吃过很多特色小吃。

离大学报名还有两个星期的时候，林嘉和唐逸去了一趟西安，唐逸的老家就在西安。那天，落日的余晖打在屋檐上的时候，唐逸吻了林嘉。林嘉一直记得那个吻，牛肉味的。

林嘉是英语专业，唐逸是金融专业，一入学就是军训。唐逸一直是个很积极的人，他竞选班委，参加社团，去学生会面试。因为会弹吉他，还参加了迎新晚会。

唐逸一天天忙碌起来，林嘉也有自己的活动，虽然在一所学校，但是聚在一起的时间很少。

周末会聚一聚，唐逸从来不送林嘉回寝室，通常他对她说一句“注意安全”，两人就分道扬镳。林嘉不是一个会撒娇的女孩，她不会拉着唐逸的手说：“要不你送我回寝室吧。”她只会点头，然后独自一人回寝室。

碰见在寝室楼下难舍难分的情侣，她的心会莫名失落。

不知道从什么时候起，唐逸和她说的最多的话是：你能不能打扮得成熟点，别总是白 T 恤、帆布鞋。

唐逸在迎新晚会上唱了一首歌，那天，他穿的白衬衫，舞台灯光打得刚刚好，很帅，迷倒了很多女生。林嘉却觉得，那次下雨天看到的唐逸是他最帅的时候。

迎新晚会后，有很多女生追唐逸，唐逸不接受不拒绝，也不说自己有女朋友了。林嘉好朋友曾说过，唐逸喜欢玩暧昧，以前她不信现在她相信了。

唐逸总是和林嘉说：抱歉啊，课程太多，学生会有很多事要做，你先吃饭吧，我可能来不了。久而久之，林嘉觉得唐逸离她越来越远了。

林嘉从来不是死缠烂打的女孩，她觉得既然不喜欢了，那么，分开是最好的选择。

她约唐逸出来吃饭，没有主动拉唐逸的手，她突然发现唐逸从来没有主动牵过她的手。这一次，他们并肩行走，还隔着一点距离，就像普通同学。

林嘉说："我们分手吧。"

唐逸的脸上有点惊讶，很快，他就说："好。"

林嘉想了无数遍的唐逸挽留她的情景并没有出现。长痛不如短痛，现在分手也好。

林嘉听过一句话，一别两宽，各生欢喜。

他们在一起还没有一年，喜欢还没有变成深爱，她不难过。

5

学校很大，不在同一个学院的两人很难碰在一起。林嘉依旧是那个喜欢穿白 T 恤帆布鞋的女孩，她参加了很多活动，室友也好相处，日子过得很充实。

偶尔有次，她在路上碰到唐逸，唐逸和一个女孩牵着手。那个女孩和高中时唐逸早恋对象长得很像，穿着时尚，卷发，化着妆，很漂亮。

唐逸没有看她，他们擦肩而过的时候，林嘉在心里与过去的爱情告别。

其实，林嘉早就知道，唐逸喜欢的女孩从来不是她这种类型。唐逸会和她在一起，只是想忘记前女友，因为林嘉和前女友是刚好相反的类型。

林嘉一直觉得她和唐逸不会长久，第一次见面，林嘉就在听林宥嘉的《心酸》。

是啊，我们曾相爱，想到就心酸。可是，谁的青春没有爱错过几个人，正是那些爱错的人，才让我们面对未来无所畏惧。

（诺然：简书签约作者。一个喜欢胡歌和写故事的姑娘。微信公众号：诺然yz Nuoran77）

十七岁夏天的鼓浪屿，晴空朗朗

_文·林夏萨摩

1

江小鱼二十岁生日的前一天，收到了一份漂洋过海的包裹，拆开的一瞬间，一张印着美国金门大桥的明信片滑落在地。小鱼捡起来一看，心跳漏了好几拍，几行苍劲有力的英文立刻钻到眼睛里：

Dear Xiaoyu,

You are my first reader of this album.

Happy birthday and I'm missing you in California.

Yours Qinlang

“是他，是那个人，他还记得我，还记得我的生日。”

秦朗给小鱼寄来了他在美国发行的第一本摄影集，小鱼用食指温柔地抚摸着影集封面上秦朗的名字，恍惚中，时光倒回到十七岁的夏天。

小鱼是土生土长的厦门姑娘，爸妈在鼓浪屿上经营了一家地中海风格的家庭旅馆，这间梦幻地中海装修风格的旅馆，有一个特别文艺的名字——“北纬 24° 的地中海”。

旅馆一楼客厅装饰着各种文艺小资的物件，落地木马、京剧脸谱、长满绿萝的彩色玻璃瓶、贴满便签纸的留言墙，每一样都记载了斑驳的时光记忆。一二两层是客房，主打地中海蓝的清新布置，但具体到每一个房间，色调、装饰和布局又都不一样，第三层是一个小天台，能站在上面看风景、吹风。

在小鱼的记忆里，每天有无数个客人在这里停留，又离开，每个人的脸上都写满了故事。但每个人眼睛里的情绪又都不一样，有人到鼓浪屿是为了猎奇，有人是疗伤，有人是休憩。

她喜欢懒洋洋地躺在一楼客厅的松软沙发上，用余光去捕捉每一个人的故事。

她有一本《秘密日记》，里面为每一个有特别印象的客人编了号，她偷偷记下了他们的故事。其中有一个故事，是她藏在心底的柔软，有一个人的名字，是她所有思念的终点。

2

2012 年夏天，小鱼的爸妈结婚二十周年。他们欢天喜地地踏上了周游欧洲各国的旅程，把十七岁的小鱼一个人扔在了家里打理旅馆的生意。七月的鼓浪屿，正值旅游旺季，旅馆几乎每天都是客满状态。好在，她从小就看着爸妈打理“地中海”的一切，应付起来也得心应手。

有一天突发状况，一对从哈尔滨飞过来的情侣投诉，说他们明明在网上预订的是“地中海风情大床房”，到店后发现订单记录变成了标间，坚持要换房间。

当时，店里就只剩一个“蓝色飞扬标间”了。

唯一的解决办法就是，让原先预订地中海风情的客人跟他们换。

小鱼下意识地咬了一下嘴唇，正要硬着头皮给“地中海风情大床房”的主人打电话，耳边飘过来一句好听的低音炮男声，“我跟他们换吧……”

她转过脸一看，是一个背着相机、留着络腮胡子的大叔走进来。

居然还很帅。

小鱼当下发呆了一会儿，才说：“嗯嗯，好的，谢谢你。”

末了，一脸灿烂。

那对小情侣也露出了感谢的笑容。

那晚，小鱼的《秘密日记》里多了一句话：编号20120714，摄影师大叔，声音很好听，他唱歌应该也很好听吧？他的名字是秦朗，是晴空朗朗的意思吗？这个大叔身上又有着怎样的故事呢？

真是好奇！

3

第二天早上五点多，小鱼接到了爸妈从法国打过来的电话，挂了电话就睡不着了，她随意地从书架上抽了一本杂志盖在脸上，躺在“地中海”一楼客厅的沙发上，闭目养神。

脚步声越来越近，原来，是那个大叔。他手里拿着相机，看样子是要出去拍照。

小鱼歪着头，试探性地问了一句：“你是要去拍日出吗？”

秦朗笑了一下，说：“是啊，早上醒得太早了。出去拍日出，顺便走走……”

“大叔，你来之前一定没有认真做攻略。我是在这座岛上长大的，鼓浪屿上的日出被对面的五老峰挡住了，只有日光岩上能看到一点点日出，但日光岩一般七点才开园。你这个点出去，肯定看不到日出的啊……”

秦朗看着眼前这个慵懒、说话又一本正经的小女生，问道：“哦，是吗？那不如你这个地头蛇带我去逛逛？”

“什么地头蛇，是鼓浪屿小公举（网络用语，意指小公主）好吗？我勉强答应吧！”

小鱼嘴上这样说，心里是开心的。

反正也睡不着了，店里早上也没什么特别的事情，不如出去走走。

天空灰暗，两个身影，一高一低，一前一后，慢慢地往海边平移。

一路上，没遇见几个人。只有四周静谧的山石树木和略微带咸味的海风。过了有坡度的崎岖路段后，小鱼调皮地闭上了眼睛，歪歪斜斜地走着，伸开了手掌感受海风的气息。

秦朗看着她这样走路，心里有隐隐的担心，做好了随时去扶她的心理准备。这个念头跳出来时，他把自己吓了一跳，这样突然的在意有点奇怪。但还是忍不住说了一句：“当心，你这样走路有点危险。”

“大叔，你放心吧，这里的一草一木、一沙一石跟我都是好朋友，它们才舍不得欺负我呢。对了，大叔，你会唱歌吗？你唱歌好听吗？”

“怎么，想听我唱歌？”

“嗯，那我可以点歌吗？”

声音很好听的人，唱歌也会好听吧。小鱼心里想。

“那你想听谁的歌？”

“周杰伦……”

后来，小鱼只要一闭上眼睛，就能听到一个好听的男声在唱周杰伦的歌，鼻尖也总是萦绕着淡淡的 CK 香水味。她知道，那是秦朗才有的气息。

4

一周以后，小鱼对秦朗的感觉，微妙起来。

她心里无比清楚，他只是一个鼓浪屿上的过客，可还是有了不该有的期待，一颗少女心无端生出了许多念想。太多关于浪漫的故事在她的脑海里涌动，只差一个男主角出现，和她一起演完那些剧情。

秦朗房间的无线网络时好时坏。

他一般白天出去拍风景，偶尔，也接一些情侣和游客写真的单子，晚上则惯性坐在“地中海”一楼客厅，埋头整理照片、修图和发邮件。

而小鱼，总是坐在旅馆前台那里，双手托腮，用眼睛偷偷地瞄着秦朗，那专注的姿态像是在研究一幅画。

眼波流转，情愫暗生。

刮了胡子的秦朗，五官更加清晰明朗起来，与之前的颓废气息不同，多了几分清新俊逸的帅气。小鱼喜欢他穿白色衬衫，袖子随意卷起的样子，更喜欢他工作时目光如炬的那种专注。

一天又一天，《秘密日记》里又更新了许多页，每一面都是关于编号 20120714。

夏季一直是鼓浪屿的旅游旺季，再炎热的酷暑也抵挡不了游客上岛游玩的热情。

每天，游客如织。空调久开，岛上的用电负荷持续攀升。

七月十三日晚上九点半，鼓浪屿全岛大停电。

岛上的居民区、咖啡厅、餐馆、旅馆都乱成了一锅粥，“北纬 24° 的地中海”也不例外。

一向遇事老练的小鱼，第一次有了手足无措的感觉。

旅馆里漆黑一片，储藏室的手电筒和蜡烛怎么也找不到了，唯一的照明工具是手机里的某个 App 应用。客人气急败坏地投诉，不断吞噬的滚滚热浪，聒噪的蝉鸣交织在一起。

脑袋越来越重，身体反倒轻飘飘起来，一阵晕眩后，小鱼失去了意识。

再次醒来，是在一楼卧室的床上，晚上十二点，来电了，旅馆也静谧下来。

秦朗见小鱼的眼神还有些迷离，连忙快步走到床边，用异常温柔的声音说："好点了吗？头还晕吗？我倒杯水给你喝吧，傻瓜，怎么连自己发烧了都不知道呢……"

低低的声音，温软的责备。

每一句都在小鱼的心湖上激起一阵涟漪，又辗转出好几轮波纹。

迟钝的小鱼，反应还在死机状态："啊，我发烧了吗？我以为是天气太热了呢。刚才，店里还好吗？还有没有客人发脾气啊？"

"你放心，你晕了一个多小时。电力早都维修好了，客人们也消气了。突发事件，怎么能怪到你头上呢？你刚醒过来，小脑袋瓜子就不要再转了。

"你把多余的担心都收起来，有事情我会处理好的。"

"嗯……"

小鱼的心里有一种说不出的安心，那种安心，就像小时候躺在爸爸的怀里看星星，又穿插着异样的心动。

那晚，秦朗离她只有十五厘米的距离，她甚至可以看到他睫毛弯起的好看弧度。心跳一直在加速，紧张的她抓起秦朗递过来的杯子，咕噜咕噜地一口气把一杯水喝光了。好像在掩饰什么心事。

可她不知道的是，秦朗看着她像酒后微醺状态的粉红脸颊，也有几分沉迷。

5

秦朗走的前一天，问小鱼想要什么礼物，想送给她当作纪念。

小鱼立刻脱口而出一个答案："你那件白色衬衫上的第二颗纽扣。"

秦朗不明所以。

"为什么是这个？我以为你会要我洗出来的那一堆照片呢，你不是很喜欢？"

"不，我才不要照片，照片可以问你要电子版，我能自己打印。我就要你衬衫上的第二颗纽扣，而且是从上往下数的第二颗纽扣！"

我知道你一定不会懂，所以才这么理直气壮。小鱼暗暗想。

"好好好，你这个古灵精怪的小丫头，看来回北京以后我要重新置办几件衬衫了呢。”

说完，顺手故意揉了一把小鱼的头发。

秦朗走的那天，小鱼借口说店里忙走不开，并没有去送他。

但其实，她只是不敢看着他走，她怕自己会哭，怕自己会一冲动跑去抱着他，说一堆奇怪的话。虽然，她幻想了无数次那样的场面。

但她知道，她不可以。

因为，秦朗是鼓浪屿的过客，而她，是秦朗的过客……

可她没有想过，三年后会收到秦朗从美国寄过来的生日礼物。影集封面上那句“I'm missing you in California”是她听过的最动听的告白。

原来，他不是没有感觉……

十七岁夏天的鼓浪屿，晴空朗朗。十七岁夏天的鼓浪屿，小鱼有秦朗。

（林夏萨摩：简书签约作者。明明可以靠脸吃饭，偏偏要和中文较劲。微信公众号：林夏萨摩 linxiasamo）